达达·尚 著

在流浪与乡愁之间

天津出版传媒集团
百花文艺出版社

图书在版编目（CIP）数据

在流浪与乡愁之间 / 达达 · 尚著 . -- 天津 : 百花文艺出版社 , 2019.4
ISBN 978-7-5306-7715-5

Ⅰ . ①在… Ⅱ . ①达… Ⅲ . ①散文集－中国－当代 Ⅳ . ① I267

中国版本图书馆 CIP 数据核字 (2019) 第 040600 号

在流浪与乡愁之间

ZAI LIULANG YU XIANGCHOU ZHIJIAN

达达 · 尚著

选题策划：唐嵩　刘勇
责任编辑：赵世鑫
书籍设计：苏艾设计
出版发行：百花文艺出版社
地址：天津市和平区西康路 35 号　　**邮编：**300051
电话传真：+86-22-23332651（发行部）
+86-22-23332656（总编室）
+86-22-23332478（邮购部）
主页：http://www.baihuawenyi.com
印刷：山东临沂新华印刷物流集团有限责任公司
开本：787×1092 毫米　1/32
字数：100 千字
印张：8.75
版次：2019 年 4 月第 1 版
印次：2019 年 4 月第 1 次印刷
定价：48.00 元

如有印装质量问题，请与山东临沂新华印刷物流集团有限责任公司联系调换
地址：山东省临沂市高新技术产业开发区新华路 1 号
电话：（0539）2925659　邮编：276017

时光倒流，愿我的行程是你路上的陪伴与良药。

——流浪之叙事曲

达达·尚

作 者 简 介

达达·尚，原名何莉莉

八十年代生人

二〇〇五年毕业于西北民族大学音乐舞蹈学院

毕业后在大学教书，创办艺术学校，后游走各地开始写作

引 言

你，你是谁?

人皆如此，身在滚滚红尘的苦厄中。出尘入尘，出世入世，踟蹰摇荡。生命本身是个矛盾体。真能出世?不能。到底是不能的，只有精神的向往，心灵的寄托。然而，人生总要继续，日子还要过下去，那么——走吧，走出去吧，把身体放诸天地的大胸怀大意境之间，把身体无止尽的移动当作对原乡最深切的思念，把移动中纷纷扬扬的思绪写成文字，写成一本书，写成一封最伤感最富饶最叫人悱恻的情书。

写给谁呢?

写给你啊!

书中不时出现了你，你是谁?

你是已故作家木心，你是民谣歌手小钟，你是尼采，你是低眉慈悲的菩萨，你是一座雄浑的大山，你是一朵散漫的云，你是教堂的一束光，你是孤儿院的孩子，你是一只百般纠缠的蚊子，你是午夜梦里所挂念的人，你是没有特别意义的你，你是一碗爱不释手的螺蛳粉，你是黑山中一条渴望家的狗，你是那胖得像桃子的八月，你是与我共度最后午餐的人，你是造物的神，你是所罗门《歌中之歌》所预表的主耶稣，你是秋高气爽的大北京，你是把月亮分去一半的所思慕的人……

你，是一个隐形人。

如此多情，只为说一件事：等一个人，寻一个人，爱一个人，种简单的爱。嘲讽的是，自古情路难，尤其是用情太深的人，更尤其是一个用情太深的女人。情，或说爱情，莫非是一个女人的全部，是她的终生所慕，是她所有的、所有的命？！

是的，达达·尚就是这样一个人。

摆渡在异乡和故乡之间的她，从北方走到南方，从一个城市走到另一个城市，从一种天气走到另一种天气，就像炉火上煎煮的药汁，把她的心熬炼着，淬炼着。不是吗？她的脚不停地走，她的眼不停地看，她的笔不停地写，内心其实一直在叹息，在追问，在呐喊——你，你是谁？

你到底在哪里？

这么多的你，到头来还是指向一个人。

这个人是她的归宿，是她在尘世中身心的安顿，是她煎熬自己所得的喜乐的良药。本书从楔子开始，通篇不成串的思绪，岂止是随笔，更像一场漫长的迂回的自言自语，说给自己听，也说给那个人、那个你听——所以全书也像一本私人日记，如此就不必在乎那些读不懂的、不知所以然的，或者似乎有意出现的人事物。唯可喜的，这里的每一句读起来都有音乐，像一首短歌，一首诗；

每一段都有画面，像一幅摄影作品；每一篇都有近乎哲学的譬喻，却全指向一颗真诚的、敏感的、脆弱的、勇敢的、寻爱的心。

《在流浪与乡愁之间》——

她终究遇见那个“你”了吗？问山问雨问春风，答案都在那迭次纷扬的思绪中。

好友：冯平

目　录

卷一　兰州

卷二　北京

卷　一

兰　州

无法抑制的荒凉

于久坐的台阶前，仰望九月。
看到你的身影，花丛中，你看到我了吗？
落叶将想念偷偷告知，心跳声如汹涌的海水翻滚。
我懂的，也深知你的心思。秋凉了，想起那一年写给你的诗！

洒满金叶的土地，散发着泥土清香的诱惑，这是兰州的九月，家的味道，是温暖。

她带着秋天的皮肤来到我身旁的时候，我正在夏季的最末端冲刺。

洒落一地的音符，轻轻将你拾起，挂在生锈的铁丝旁，待到冬雨的亲吻，将你敲响。

“抚我之面，慰我半世哀伤。”“携我之心，融我半世冰霜。”手捧仓央嘉措的情诗，沐浴阳光，洗礼灵魂，于山间寻找秋天的童话，唤醒幼年的梦想，感受凋零的叶子，温柔的亲昵，闭上眼，喃喃细语。

返程路上，小钟的歌声始终如一地贴心陪伴，如诗画一幅，盛宴一场。

前一天狂风降雪。为了让屋子暖一些，开了空调，不久，明显感到干燥，不，是非常干燥，鼻子有些不灵光，脸颊也开始报警，即使抹了喝剩的酸奶……加湿器发出的响声是烦人的噪音，索性停了。路过书城，收集《苏菲的世界》《瓦尔登湖》《前世今生》《世界未解之谜》。回来路上吸入大量灰尘，这个城市糟糕的污染，常人难以想象……我想，等夜幕降临，世界安静，窝在彩色靠垫堆满的木地板的某个角落，翻着其中一本的一页，探秘这个世界，美好而神奇……炉子上煮着各种水果，就这样，冬天开始了……

之后的日子都是属于自己的。除去周末朋友家几个孩子来家里学钢琴上声乐课之外，很多时间是悠闲度过。反复练习曲子，会疲倦。然而下课后会有士力架和水果候着。想念围着钢琴长大的童年。

一个人的时候，常背靠客厅茶几坐，有时盘腿，正方形黑色钢化玻璃放在彩色格子地毯上很当代。紫色绒面沙发搭配花格子粗布，剩余的三米长条布料索性铺在电视墙下，放上满满的书。面朝阳光捧着任何一本书，都叫幸福。坐累了就半躺着，身旁发财树已长得老高，再不修剪就要碰到屋顶了。摇椅在阳台左侧安静地看着，右侧的藤椅也乖巧极了，垂柳一样浅棕色蚕丝编制的窗帘，轻轻晃着。一个不同凡响的初冬下午，阳光灿烂。

读西方哲学家的书籍，很多时候是尼采。
他说："倘若你拥有一种独一无二的美德，便不要与人共赏。"
他思想独特、强劲、充满隐喻和矛盾，甚至有些"疯癫"。
他才华横溢、光彩夺目、豪气冲天。
热衷于他的气质思想以及他的诗。当然这期间会有柏拉图、苏格拉底、叔本华、亚里士多德。这些深奥且具有灵性的大家们，带我去往他们的王国，走进他们的大脑。我“苦痛”地行走在书本的字里行间，感同身受。

夜幕降临，会在卧室的飘窗沉坐。是的，粉紫色窗帘与窗纱，极喜欢的颜色。小书桌上摆得满满当当，杜鹃花、散文、诗集、画作、朋友的新书，当然免不了一杯暖暖的桂花茶。炕桌两旁有印花坐垫，松软舒适，此时定是盘腿而坐的。音响中传来钟立风的《在路旁》或是大乔小乔的《采花》，可爱放松的声音。比起歌剧，这是民谣的好。

偶然抬头，有零散的星和半圆的月。
常以为离月亮最近的那颗，便是我。在心里打个招呼，便继续翻书。听到楼下邻居家的狗开始吼叫，便知道时间差不多该就寝了。喜欢入睡前的清醒，当我闭上眼的下一刻，大脑和心灵会回到曾经或未来，真不知将会有什么样的事发生，憧憬着。

如约而至，第二天的早晨，或有阳光，但大多灰雾蒙蒙，这是西北的个性。

第一时间会问候阳台的杜鹃们昨夜睡得是否安好？点头微笑的，向我表示回应。垂头丧气的，还在梦游。爬行的小毛毛虫是要加强身体锻炼的，从枝头到地板，再到另一个花盆，一直在努力。瓢虫也在勤练起飞的本领，是要飞往更高大的树枝去吗？双手赞成。

捧着前几年启蒙老师相赠的《傅雷家书》当饭啃，啃累了吼两嗓子陕北民歌，弹一首《菊花台》，走到门口打开鞋柜选最轻快的跑鞋，沿着黄河一路飞奔，寒冷喜乐，抛向背后。

西北所拥有的独特气质。雾霾，沙尘，干冷。

电影重复看，商场重复去，车子重复洗。

生活越过越奢侈，内心越来越虚空。

洁白的百合、香奈儿的粉底眼影唇膏、纪梵希的金粉腮红睫毛膏成了我生活的重点。

心无旁骛，淡看人生苦痛，淡泊名利，积极而平衡，有所求而有所不求，有所为而有所不为，不用刻意掩饰自己，不用势利逢迎他人，做一个简单真实的自己。

即使失意，也无所谓得失，坦坦荡荡，真真切切，平平静静。
心安，便是活着的最好状态。

像从前一样 / 不曾改变 / 执着着 / 像黎明一样 / 赠予光亮 / 不曾灰暗 / 顽固的 / 一个人的认真是美丽 / 两个人的认真是幸福

买单，发现钱包落在家里的书桌。大眼瞪小眼的两个年轻人，不止一次地遗忘，不止一次地让对方感到紧张，润园门口，壹火锅。

比警官健忘，比警官任性，常常责备对方不懂生活，而自己，也是一个不懂得把生活照顾周全的人。

粗枝大叶遇到吹毛求疵，不得了。

警官比警官更忙碌，诗人比自己更孤单。

有天，回家路上，一女子送来河西走廊的紫葡萄。他问我哪个好？

难道是葡萄献媚？是葡萄卖乖？是葡萄的不怀好意？

天，阴霾得像是要塌下来砸在人们的脑袋上。

昏昏沉沉，像是半个世纪，人生中最漫长的岁月。

一个比往常寒冷的冬天。这无法抑制的荒凉。

日子，会慢慢平静下来。

夜里，梦见自己趴在地上捡小粒红果子，抬头望去是山顶菩萨所赐。

另一个梦里，站在山头将一枚熟了的桃子不慎碰落掉在山下一户人家院内，没有大门的人家，院墙是黄土砌成的。

放下生活的态度，重视人生价值。

一条各自修行的路。

冬天里，我曾多次将水壶烧干。

一个失忆的、冷酷的冬天。

剧烈疼痛时，唯音乐与文学。

黑夜里，一盏油灯彻夜将我燃烧！

每天低头看书写字养出的下巴和每天放风筝看鸽子养出的下巴是同样一个但又截然不同。

在风筝怀里取一丝温暖，在云朵之上伸个懒腰。

不怀疑自己和别人，不怀疑将来和一切，该来的会来，该走的会走，不属于你的，不要去争。

一首《黑暗中的舞者》听得这女子入了迷。双脚从被窝试探着延伸到地板，浅棕色的木头被趾尖的皮肤亲吻，喜欢极了三拍子。

注定是清醒的夜，透明温柔的水顺咽喉而下。顺手拿起法国作家菲利普·贝松的《与往事说再见》，一口气读到第五十四页。“这一次，我是在纽约给你写信。”

鱼

唇齿间藏满了刀子。

你一笑，整个冬天被毁灭得四分五裂。

从春天走来的矮子，不断向外张望。

游走于你我之间。

风一吹，几乎全都散了。

冷冷跳进水中，变成一条无忧的鱼，回头看一眼，便扭着屁股走得远远。

从此，不再转身。

去吧，穿过石林去找寻你的龙王，烈日下的神鞭在空中挥舞。

谁的躯体烙下斑驳痕迹。

谁的袈裟容纳众生眼泪。

世外风霜孤傲冷漠，诵经人夜夜守候。

天亮了，云从后山走来。

鱼在笑。

海，却在哭。

我来过，请忘记

时间让一切变得深不可测，浓的越来越浓，淡的也越来越淡，生活像一面透彻的镜子，清晰照出脸上的皱纹与斑点！活着就有折磨和伤痛，许是每个人必经历的，之后，才能成长！

活过，死过，然后复活！
泛黄的地面承载着枯叶经历时间洗礼后的惨败，烈日摧残过的身体终于在秋风里摇摆，不定会落在哪间瓦房的屋顶，或再次被卷入风中，当你衰老离开树枝的手心，你的将来已经被风左右。且不要忧伤，理解你富有流浪的情结，我何曾不向往呢？不要觉得冷，会有人陪着你，让我们期待冬天、白雪和火炉吧！这会使我们更加纯洁，温暖而安静。

请不要悲伤，暂时的告别，是为了更好地归来。
我的生命里没有家。
我来过，请忘记！
——九月独白，致秋天的落叶，致亲爱的你。

目的性太强的书不乐意去读，无意翻到也会很快合起来，就像目的性太强的人一般，不愿去接触。

如你所说：我的一生，只喜欢孩子和老人！

满屋子的人寂静无声，他们对着电话屏幕各自诉说着自己的秘密。一下午，居然没有半点声响。

收藏的书本，每到夜幕降临关灯做梦时，书里的人们就会各自出来散步就餐。
为此，常常会在临睡前打开一盏灯，献上各种水果和甜点。

按照自己内心的意愿去生活，不论哪个国度，哪间屋子，有花有草，有书有阳光，没有纠缠，便是大好。

月光
和那隐藏的暮色
晚霞在孤独中燃烧
一个孩子的眼睛
在迟缓的湖面撒开
你坐着
安静地背对着我
动也不动
微云逐渐拂晓
荷花绽放
燕子出没芦苇丛
忽远忽近
秋来了
我也来了
在你世界的边缘徘徊

听一百首歌，只唱一首，九十九首是为丰富内心而存在！

白天穿着睡衣在被子上面安息，晚上裸着身子，被子在我上面安息。梦太长，像是过了一个世纪。

将自己洗劫一空，只有一无所有的时候，才得以再次拥有新的。

脸上的斑斑点点，是歇斯底里太透彻的反照。一辈子不长，对自己和身边人好一点。

人的一生最无能为力的事便是眼睁睁看着爱人离自己而去，却怎么也抓不住他的手。

那秋日的阳光犹如一件厚厚的外套，一旦夕阳落下，便会四处充满冰窖的味道。

雪中送炭的是朋友，锦上添花的也是朋友。

每个人都有他的不同之处，每一个不同的人都是生命中的另外一朵。

土归土，尘归尘，是你的善良引发了这场战争，因而获得胜利。

然而，老天不会辜负有心人。

她说：“缘分，就是遇见了该遇见的人。缘分浅的人，有幸相识却又擦肩而过；缘分深的人，相见恨晚却从此不离不弃。可遇而不可求的，是上等缘；可遇也可求的是中等缘；可遇而无需求的是下等缘。”我说：不论何等缘，都离不开“珍惜”二字！

最后的午餐

十个月漫长,再见面,看到你的泪水穿过眼眶,经过喉结。

看到你脸颊干涩的皮肤知道你哭过好久,眼泪夹杂在过了桥的米线里,滚烫的汤碗里,眉毛里。到处都是泪痕。你不该哭,这会让心酥软,使我摇摆,会把湖面的船打翻,沉没至底。你一口口地喘气,来不及救你,红色腊肉变成绿色的竹笋,一层层扒开,直到看见心脏还在跳动,微微地,呼吸,只剩呼吸是我们交流的桥梁。过得去就过去,过不去就随窗外摇曳的槐树叶子去哪儿都好!玻璃上反射着屋顶的灯,暖色,巷子里的风呼呼地叫,竹子在我面前静而不语。一桌剩残的汤饭,脸上一道泪痕,镜片中,出现过去!那捧着一百朵玫瑰花和BURBERRY 香水的你,在大雪纷飞的夜里被脚踢拳打鼻青脸肿的人哪，请原谅我这决绝的选择。

多年以后才知道，这种决绝是出于多么的仁义。

于是，一个人沿着黄河，走到黄昏的尽头，芦苇斜着身子在风中摇摆。

骊 靬 古 城

不怕生活上的贫困，就怕精神上的潦倒。
豁达是人解脱的前提。
有严重洁癖的人，被人借穿过的里衣宁可弃之。

掀开车窗的帘子便望见一群羊在吃草，光秃秃的山坡，可怜的嘴！
一个如我般顶着头巾的女人，靠着麦堆睡着了！
他们用椭圆的石头画一个圆，中心磊起一座小土山，小山中间摆一排整齐的石头。
一只不会扇动翅膀的大鸟呆板地从我头顶飞过！

这里的围墙好高，不是为了防小偷，是为了防风的偷袭。
终于在今天，亲眼看到梦中的葵海。

我是一朵云，风将我吹向哪里我就去往哪里！
我是一朵云，谁也带不走，只有风能！

兰州下雨了，是伤心了吗?
兰州伤了心，所以下了雨！
兰州的山像是男人的发型，板寸，而我更喜欢长发。

经过你，是为了丰富你的人生，请不要悲伤。

有些人得交，又不可交，人生路上一块绊脚石而已。悲哉，哀哉。
那些暗藏玄机的笑和虚情假意的哭。
天阴得像我的心，欲哭无泪的颜色，闷。

分别时，师父告诫要安静，冷静，宁静，包容，大度，从容。
我试着在做。

与花儿一起生活

我的一生
是天边飘过的一朵白云
在白昼迷恋夜晚的宁静
又在夜里寻找白天的出路
迷恋钟楼的边角
迷恋《诗经》的传诵
迷恋檀香的悠久
迷恋清晨深山的云雾缭绕
如同我生命里最纯净的彩霞
古老的昨天躺在我的眼前
伴着歌声绕佛行走
将自己放低再放低

对着历史失落地哭泣

将岁月交给星辰

任它在我生命的辞海里诞生或荒芜

岁月爬满全身

在河边游走，眼睛采来数朵叶子、羊群和昏黄的夕阳，走着走着便丢失了鞋子。
风在芦苇丛中放肆地嬉戏着，影子拉得好长。

白纸上留下几行音符，不算工整，是对夏天的月光有个交代。

噪音继续着，你在夜里施工，我在梦里失眠。

归心似箭。
每一次回来和离开时，心里总有无限怀念。
泪水在眼眶使劲打转，终于忍不住在内心深处流下。
路旁的白杨树在阳光的照耀下闪闪发光。

荒芜的高原挚爱的家。自从离开后才察觉深爱着你。尽管贫瘠、落后，尽管你的荒凉和冷漠让人觉得心寒，尽管是这样，依然深爱着你，我的兰州。

兰州　总是在清晨里出走
兰州　夜晚温暖的醉酒
兰州　淌不完的黄河水向东流
兰州　路的尽头是海的入口
低苦艾的《兰州　兰州》，奏响精神家园的回归。

我在海的这头，你在山那边好吗？
我看见遥远的海浪在歌唱，你听得见吗？
呼啸着狂风作恶，你是否也能看见？
翻滚着心脏在云层跳跃
一年又一年
岁月爬满全身
弱小躯体承载着多少故事的开始
一季又一季
上苍啊！请快点现身吧！
将雨水洒落，将心田滋润！

万物会因大度而感恩

我也会坐回山顶

等待属于我的月光

卷　二

北　京

精神家园

杜鹃的芬芳在我生命里只来过三天，透过绿萝的清新与旺盛我将牢记心底。

那个永恒的瞬间将我特殊的记忆在冬天打开。没记错的话，应该是在五十三页与第十四行诗中。炉子上煮着各种水果，香甜的气息透过寒冷的长夜，蔓延在透明的杯中、酒中，等待融化。

昏睡了的柔光爬满整张皮肤，渗透在睫毛、指尖与白色键盘和华丽微笑的嘴角。始终坚信那个橘子一样的颜色会在身体的左边与右边形成一对平等对称的翅膀，如同梦里仰头看见满天凤凰纷飞的样子。

“在那做梦人的梦中，被梦见的人醒了。”梦是虚虚实实的实实虚虚者，被梦见的人醒来后读博尔赫斯的《虚构集》。

与博尔赫斯同样的日期出生，他出生在图库曼大街 840 号外祖母家，而何某人出生在老干部家属院。布宜诺斯艾利斯正值冬天，大西北正好秋高气爽。

北京的秋天是可爱的，迎着太阳，路上极其温暖。

与一群人同行，步伐几乎一致，可我的灵魂始终是孤独平静，不与人争吵！

在忧郁的北方，感受北方的忧郁。

眼看他上了一条贼船，却义无反顾地继续往前走，我无力将他挽留也无法将他捞起，那里有太多毒蛇与蝎子的嘴。

给自己套了太多枷锁，从头到尾从里到外，直到有一天呼吸困难，到极致，将自己扔出窗外，抛向大海，在途中翻滚无数次，疼痛无数次，当落入草坪或海面的瞬间，彻底解放。

我想撕开胸脯敞开心脏让你们看个够，看看我这鲜红干净流淌的血液，这一切将会使你们感到惭愧和羞怯，因为你们根本没有胆量像我这样正义和勇敢。

木心曾在《杰克逊高地》中说：
“五月将尽，连日阳光普照，一路一路树荫，呆滞到傍晚……不知原谅什么，诚觉世事尽可原谅。”
之前很难接受别人所犯的一点错误，以后就变得容易了。是文学的魅力呢，还是人的魅力？

当地铁轻轻驶入，经过树梢的路段，总以为树那边是片海，雾霾天造成的错觉，也或许是长期居住在大陆的原因，内心里总是渴望岛上的生活和海浪的声音，白天很短，尤其秋天以后。

捧起一杯咖啡
想起那些过往的美好
打开尘封已久的相册
是踏上寻找青涩味道的路途
一个个甜美的镜头

穿梭在眨眼的心头与寂静的脚下

那年那月那光阴

深藏嘴角的酒窝合着阳光散发出淡淡的忧伤

一对紫色蝴蝶结　姑娘挚爱的芭蕾舞鞋

你如一位英俊的王子

将姑娘的发辫亲吻

尽情感受温暖和疼爱

镜头停留在那年的冬天

零星的雪花飘荡的世界

我们，他们，我们的他们。

——忆故人

喜欢三亚的阳光

又不那么喜欢被晒得黝黑的皮肤

这是第二次醒来，被远方的海风吹醒，没有见到日出！

在碧海蓝天，乐乐妈妈将钥匙交给我，泳池边告别。

乐乐是个快乐的孩子，弹钢琴时认真得像个大人。

日子还像以前一样地过着，你却不在。

如此年轻，乡愁不该交给你来愁。
一次又一次，把泪逼了回去。
月已高挂，家在远方。

眼睛犯着困，心却醒着。

言语一旦解开，会开出闪亮的花朵。

风平浪静的下午，农历十一月二十五。走出图书馆，拨通电话听见一家人热闹的欢笑，心中添了几许乡愁与牵挂。如今随心回到亲切的校园，不教书，只学习，手捧书本，努力奋斗。

为了春天能够自由地奔跑，冬天里必须苦读。

甘愿做冬雪的一片

白雪，一场惊人的烂漫。

穿上厚厚的羽绒，在无人踩踏的地上狠狠摔一跤，将发烫的额头抵在雪白的地上，然后起身拍着雪，对远方哼唱。

张晓风曾说：“在生命高潮的波峰，享受它。在生命低潮的波谷，忍受它。”

享受生命，使我感到幸运；忍受生命，使我了解自己的韧性。

一首《雪白》勾起了生命中最尖锐的疼痛，最无言的苍凉，最疯狂的郁怒。

甘愿做冬雪的一片，因为活过，就是胜利。

小钟的《傻瓜旅行》呈现在一个下午，似乎看见他忧伤的旋律从雪地渐行渐远，不时回过头来说：“我心里既没有任何喜悦，也没有一丝悲伤。我爱你的眼睛，我路上的朋友。我把思念轻轻放在你的枕边，好似一个傻瓜。”

意外的事，我怀着如此这般心情要去接近你。

深秋薄暮的那个早晨，从紫色礼帽中传来的声音，云雀一整天地叫，“凡事到了回忆的时候，真实得像假的一样”“一个地方的风景，在于它的伤感”。

春天的阳光里你来了又去，时间把记忆拉得好长，早上初醒的芽芽是夜里种子挣扎过的痕迹。

大哥来信询问近况，我说多数时间看书写作，读经问道，寻求精神上的宽慰，好让灵魂得以安宁！

如若你把辉煌举得高高，又怎能将思念藏得深深。
因为我们都是同样的人，信奉同一个神，那便是善良。
所以我们相识的缘分能到天荒地老，如若不信，暮年回首再聚时，两行热泪做证人。

我有一个梦想。

我梦想有一天自己能披着长衫起飞，历经千山万水，飞过浩瀚的宇宙，只为做那莲花花瓣里的一滴水。

我有一个梦想。

我梦想有一天自己又重新回到幼稚园，穿着父亲送我的雪白的有粉色蝴蝶结的有点蓬的公主裙，扎两个辫子，额头小红点和红色皮鞋在舞台上神采奕奕，那时，我将不再渴望长大。

我有一个梦想。

我梦想有一天自己依然站在学校的讲台，和幼师班那不听话的傻丫头们生气，和另外一班听话的乖女孩们并肩同唱，和小小孩在花园里奔跑在屋里打闹。

我有一个梦想。

我梦想有一天自己回到了生活在海中央的日子，那一定是某年有凉风的七月的海上，不悲不喜，静坐，听水。

我有一个梦想。

我梦想有一天自己拥有一座大山，绿树苍翠，小路弯弯，我将亲自盖一座房子，将世上所有流浪孩子的眼泪一并接纳，缝缝洗洗。屋顶，一定是红色。

我有一个梦想。

我梦想有一天自己会七十二变，有千里眼和顺风耳，或者像神笔马良和机器猫一样，准确无误地将需要献给孤独和无助，有火眼金睛能破除一切诡诈。

我有一个梦想。

我梦想有一天自己成为国王，我会给人们插上天使的翅膀，赐予智慧的光环，平和有爱的欢快生活，没有陷害没有仇视，没有野蛮没有斗争，没有肮脏没有恶毒。让每一个公民都和善慈祥，丰衣足食充满感恩并快乐地活着。

假如这都不是梦。

一种近乎完美的忧伤

裸露着的手指在春风里像被扒皮的活鱼一样疼。

告别时看见有一条会倒流的河。

我想，我要比黄昏更了解你。

好的友情似亲情，胜过爱情。

与苇去顺义，北方的初春艳阳高照却冷得特别。

我想把我的微笑一并给你，然后在彼此的梦境里互相依靠。

忧伤被快乐取代，从此一枚种子根深蒂固地扎入心房。

今夜，我将为你写诗。

处处放得过别人才能处处被人放得过。

回到校园，骑自行车的俄罗斯男围脖是波西米亚式的漂亮。
不刻意追求完美了，因为真实比完美更可爱。

买烧饼的路上遇见一只迎面而来的狗，于是一个题目油然而生，《一只逍遥自在的狗与一头特立独行的猪》。几经试图下笔，最终以空白收获。
《一个人的村庄》第一篇写狗，读过无数次依然喜欢得不得了，狗在作者笔下比人有性情，比人更完整。一如海桑的《我是你流浪过的一个地方》一样，字句如心，然这首爱情长诗是万万离不开勃朗宁夫人的十四行诗，也感谢作者失恋的三十五天，痛苦造就经典。遇见的文字与遇见的人一样都是满怀感恩之情的。《一只逍遥自在的狗与一头特立独行的猪》？这并非自我嘲笑的笑，整张空白呈现着一行干净利落的文字，狗一只，猪一头，这近乎完美了。于是在右下角落款。

刚刚醒来和即将睡去

同样一篇文字，在刚刚醒来时读和即将睡去时读结果完全两样。

刚刚醒来时带着一身温暖，如醒来前遇见一个美梦恰好醒来后又遇一卷美文，那何止早晨是美好，一整天精神抖擞不说，遇见的人也是抖擞的。

而即将睡去时读同样一则故事就不一定像刚醒来时的气氛了。或是一身疲惫，或是为迎接一个美梦而营造一个好的气氛。期待和怀念并存有同等效果但有反差，当然文字也是关键。

如偶遇朱生豪的情书《醒来觉得甚是爱你》，恰好题目是在醒来，那毫无疑问定是醒来时读要胜过即将睡去时读，此时醒来是怀念，睡去时可能是期待，期待醒来。

为了重温醒来时读到书信的味道，索性趁记忆还在，趁心明白，趁手还在不停地写，进被窝睡去这个举动简单而俏皮却收获不少。

然而《蒙田随笔》，是正直人的枕边书，在即将睡去时读是令人深层次的思考反省与总结并忏悔的，当然碰到如此随心的文字也会有一丝喜悦感存在，这样睡去会获得一个更加深刻的梦，并且醒来时大多不会感到彷徨。

而在刚刚醒来时读到同样会映射出一种乐观积极充满智慧的人生态度，一整天里多数时间会思考更深远的人生意义，以一个智者的眼光观察和思考大千世界的芸芸众生，这个思考在刚刚醒来时和即将睡去时得出的结论也难免会发生差异。

触碰有思想的人会让人爱不释手，让人在期待中睡去而渴望醒来。

生活造就善良也造就愤怒，宽容造就生命的韧度，荣辱造就生命的厚度。生活给予我们希望也破灭我们的希望，生活让我们又爱又恨，又痛又痒，生活在我们想拥抱他的时候却给我们一个火辣辣的耳光，在我们转身离去的时候却跪在地上请求原谅，生活在不知所措的生活中，活生生地被生活折磨着还得装着笑出声。生活不能忧伤，可生活带来的痛比死还疼。

北岛说："卑鄙是卑鄙者的通行证，高尚是高尚者的墓志铭。"
卑鄙的继续卑鄙，高尚的仍旧高尚。

感谢那些世俗，将我赶上一条理想主义的不归路。

即便灵性很高，照样造就美好的疼痛。

为人师表不一定就代表干净纯洁，拍电影不一定就代表乌七八糟。
心正，干什么职业都是干净的。

你伤害我骄傲的心不说，还要击垮我精神的墙。
摧毁我精神的墙就等于摧毁我一日的三餐，四季的雨水。
偷去我的阳光还要盗走我的月亮，还要些什么呢？一并，都给你。如此，就不会背负太多。

要想改变大海的性格，除非你有愚公移山的本领。

生活未必要时刻保持细腻，该粗糙时就粗糙。

比起一棵小树，你还是矮半截，所以不用狂妄自大。

在大家醒来之前，已将你删除。

人生不过一句海子的诗。

上 地

喜欢茉莉的茉，所以叫茉莉的莉，在奶白色的茉莉花茶中叫醒自己。

园子里含苞待放的丁香和盛放的玉兰，那种自然纯粹的美的气息早已打动我。

让蔬菜和水果供养自己的身心，这是件令人愉悦的事。

虽然《你永远无法叫醒一个装睡的人》，但《正义的可能》是存在的。

深远的夜里，你从疲倦中走来，凌晨的灯光一定很冷吧？在忘却了自己的时光里也忘却了棉被的温暖。我在又一次的失眠中醒来，听你脚步匆匆，却始终未曾合眼。神情困极了的你，疲惫不堪始终坚守。

一开始，我是抱怨的忧郁；而如今，我已是满目的心疼和深切的担心。比任何人都衰老，比任何人的肤色都暗。所谓二十四小时的昼夜，在生命的尽头已发出红色的警报，在我快要支撑不住眼睛的重量时，请允许我再次向你致敬。致敬值夜班的老巡警。

将可爱的圆舞曲、奏鸣曲、协奏曲、进行曲，献给你们。

白天醒来，月亮脱身。

在你的梦里，有听到我弹奏的练习曲吗？

只怕，裁缝做不了木匠的活。

四月春风里，献上我真挚的祝福。

不告而别，是没有离别的。

想念奶奶

想起那年，从爷爷奶奶年轻时住过的地方开始细数他们爱情的经过，已经变得沧桑，如他们深深浅浅的皱纹。

经过湖中的鱼儿，菜地旁的蝴蝶，看他们年轻时种过的树苗，已强壮得不得了。

如今，一个人走路，一个人怀念，一个人的故乡。

乡愁，就是挂念所爱的人。

所以请不要为了惦记，深夜在窗口张望，天已冷，巷子的风会狂。

白天里，要记得把棉袄裹在身上，把热茶捧在手心。我是你杯中的热气，请将孩儿装在心里。如此才不会冷。

夜里定要盖好厚厚的被子，我会在棉花的血液里，紧抱你们的脊背，月光也会陪着你们的梦。

早晨将与花儿一起醒来，枕边响着我幼时的鼾声，让熟悉的声音驱走囤积一宿的寒气。

让柿子的未来写下孩儿归来的日期，胸口始终保持着甜蜜的温度，让思念的泪水化作永恒的微笑——你们的孙女。

你是小安吗？

每去一处陌生的地方，总有一种即将丢失自己的感觉，这感觉真好。

破涕而笑，笑出了沉痛的伤感。

独坐天边，看着古老的下午从眼前经过。

愿有一人，像我这样温柔地爱你。

那一年，他们相遇相爱，相互疼惜。

那一年，他悄无声息，她伤心欲绝。

那一年，她不得已离开，他哭泣成河。

那一年，她没有如期归来，他软弱无力。

那年后，他们再没有见面，从此杳无音讯。

时隔多年，当心爱的人转头向我求婚时，我微笑着，泪流满面地拒绝。

我想待到暮年迟迟，和你一起老去在遥远的深山里。为此，选一块好地，有水有树，有你有我。一起起床，一起看太阳升起，餐桌在院子里，有牛奶和面包，有凝视对方的眼睛。携手去往后山，打滚的顽皮小孩在撒欢。于是踮起脚尖亲吻你，那时你已老去，慈祥而可爱。依然爱你如初，却没有了从前那般紧张。唱歌给我听，你知道我喜欢你的声音，所以每天都唱歌给我，我很快乐。你总说对不住，但是更加爱我。我欣喜地在草地上起舞，没有若狂。淡淡如祥云般的爱恋，未曾离弃。

别人误解你时，沉默才是对自己最清白的捍卫。

一些人是为加持你而来，一些人是为消磨你而来。

我们在不断的失去中重新获得。

那些生命里出现的人，抓住了就是你的，抓不住就是别人的。

牵挂一个人，会把自己牵挂进去。你，是小安吗？

喜欢一个人的时候，就把周围一切当作那一人。

将自己彻夜弹奏

六月蚊子的嘴
毒如蟒蛇
于一线天间
睁开眼
谁偷喝了花露水
谁给天空上了锁
赐予偏方
坐等时间
透过奶白窗纱，看大树摇摆。
蝉在五线谱上的行踪如跳蚤来过一般。
八分、十六分，时而单声时而重奏。长休止，又如此反复。

吃一块过期了的枣泥点心，真是苦不堪言，后喝了一碗煮开花的绿豆花粥，真是喜之不尽。
出门满世界尾气与人流，右拐右拐再右拐才能依稀闻到枝头的绿，于是放慢脚步，不走了。

长青说：如果才华不显且不够努力，一不小心，就会平庸一生。
像是警钟敲在脑袋上嗡嗡响。

她说：白纸黑字，便是倾诉。
思想愈卷愈紧，语言愈铺愈大。

夏夜沁凉，凉入心脾。小雨淅沥，淋湿了谁的心。
破涕而笑，笑出了沉痛的伤感。

天是突然间亮了的，比从前苏醒的时间要早很多。
在不知名的梦里睁开眼，从久远中活过来。
透过枝叶洒进来的光影，一束一束，像夏天裙摆上的音符随风飘摇温柔而至。
愿意放弃一些人。因为，每一个早晨，都是新的。
如刚酿造的豆浆温润醇香，又如刚出锅的油条酥软脆口，炙手可热又迫不及待。

光阴藏在云朵的后面思考，会随时出来绽放。

散步时，一只燕子沿着路中央矮矮地行走，即使它拥有可爱的翅膀，我也替它捏把汗。午后的小路青涩而新鲜。突然爱上这些平常的东西，那些勤快人的手，在夕阳下显得格外美。这是一条身在远方乡间的路，住在村头的柳树监督着一切开始的和匆匆离去的。

那些曾经写过的曲子此时应该在某张五线谱的纸上渐渐变淡，乐段正悄悄从心里溜走，伸手抓去，一把软弱无力的空气。那架身穿赤红色的钢琴沉睡时，我多情的键盘在远隔千里的早晨，是否会有人替我为你清洗尘埃？想将你彻夜弹奏，各种圆舞曲，如今能弹奏的只有自己，将自己彻夜弹奏。

音乐给我灵感给我启发，给我想象不尽的华美。

这一生，为《紫藤花》为《姑娘的秋波》《为艺术，为爱情》。

我曾苦心创作的华丽此时已显得虚弱苍白，会想念家乡，想念河边的树林，想念黄河，想念民大的校园和舞台，想念兰山的苹果和诗歌，那是我音乐之旅的开始。
想念牵挂的人和钢琴，琴上的绿萝，鱼缸里的鱼，还有一堆堆的书，会念起诗人水印、西棣、老马、松落、文海、劲勋、笑眯眯杀手、低苦艾、孙茂、蝎子等在兰州的艺术家朋友们。

为完成一本书，选择这样的出走，现在比流浪汉只多一点点钱，理想主义者的路，不简单。反复听《流浪者之歌》，琴弦柔软坚定，悲壮而洒脱。

如今没有琴的日子，在灯光下翻书的手指和弹奏时是一样可爱有力度的。

你是音乐，亦是生命。

哼唱着《教我如何不想她》安睡。

梦说：待我一袭袈裟，许你相思放下。放下相思，多美的句子。

下雨了，在夏日里，打一个冷战。

幻想你到来的种种方式，
伸手触摸，
你的样子在枝头的露珠中，
在一抹忧伤中醒来，下一个七年你准备如何度过？

雨中地铁上，那些未流干的眼泪爬满窗户的脊背。

寒冷如酒，被烧熟的，干了这杯。

雨后的黄昏更昏黄吗？
比黄昏更昏黄的，是夜。
每一粒雨滴，都像个故事。

拥有一百个蝴蝶结，一百件连衣裙，一百种味道的香水，
一百双漂亮的高跟鞋。
可最后，都会显得苍白无力。

生病的日子，拥有平静的快乐。

有一种可能，在不可能中发生。

要的少一些，从零开始，归于零。

天涯不在，人已远。
“秋来无痕迹，人远天涯远。”

生病了，不敢有什么小姐式的忧伤，像一只无辜的猫蜷缩在床角。

活得如此严肃，又不肯阿谀奉承。

约束自己，宽恕别人。

希望以后的生活一部分在北京一部分在岛上，剩余一部分洒落在各地。

触摸夏末最后的一缕阳光，告别三个月的剧组成员。

有些人在你生命中消失后就是永久的别离。

泪，崩塌在来时的路上。

我们没能更好地告别，就这样散了。

然而我们，常常是不告而别的。

你 若 盛 开

离开通州，离开剧组，离开宋庄，离开电影基金会。

走进怀柔，走进大山，走进花草树木里。

走进桥梓艺术公社，走进上苑艺术馆，走进理想国。

通往自由与理想的路，是一种怎样的感动呢？

狂喜之后的悲泣，这是感动的表达吗？

他说："拒绝神是最人的错误。

不建造心灵，光建造高楼有什么用？

他为天下人流泪，为天下所有人流泪。"

我为那些挥霍奢侈过的日子感到羞愧。

孩子这么小就被岁月挤压得如此苍老。

今夜的你们，将赢得精神的第一桶金。
——观影纪录片与长青

时光把窗户打开，秋天被羊吞进肚子，艺术家饮着自己的血，海从山那边烧了起来。

当我们谈论理想时，我们在哭泣什么？

我们一直不断地寻找与自己相同的人，终有一天会发现，然后，去爱护。

你要嫁给爱情，那么就让我嫁给艺术吧！

你说第一次见到我，从眼睛看到的忧伤是受过的伤害。我说假如没有伤害，怎会有如此好的心性造就现在的我？

尽可能去原谅一切，哪怕是误解；生命短暂，不要计较，用爱温暖。

呼吸达到一致时，云朵也会自然地开花。

感情告诉人们它自己本身就不专一。

生活教会我们如何接受绝望。

成年人的思想总是复杂得不得了，我会一直做我的小孩子，住在我的幼稚园。

要知道，你所吃过的苦是走向光明的前提。

我们需要现实的午餐，所以周全不了所有的理想。

常常是不常常。

花园走失了自己，你被丢在哪里？
如果秋天总使人念念不忘，
那么我更希望，失去你。

独自，决绝，思念中，绝非模棱两可。

把持住内心的纯洁与良善，人才不容易倒塌和倾斜。

今夜与李建傧的《百字明》告晚安。

我在一个温柔敦厚的下午给你写信，然而你却误解了一个善意的寓言，错把今日读成昨日的荒谬，唯有让卡布奇诺来阐释这杯中酿造的矜持与骄傲。

有的时候它可爱，有的时候它很不可爱；但可爱胜过不可爱时，它是可爱的。

西棣说神在山上开着花。
我看见羊在地上吃着枣。

神在山上开着花
雾从山头蔓延至鼻尖
覆盖我的祖国
会奔跑的孩子是自由的
勤劳的人们下了山
枣子落满庭院

铺成马路

心里住着光明云
岂有害怕一说

馆长劝我不要独自一人进山，路人也担心，而我说，没有什么值得害怕的，深爱这座大山，因为神与我同在。

请相信，大自然可以帮助我们清洗浮华。
在一米阳光下，陷入深深的乡愁中。

当你本身足够好的时候，才能引来足够优秀的伙伴。
所谓“你若盛开，蝴蝶自来”。

种简单的爱

我们在一次次的割爱后变得冷却和宁静。

守住自己的心，方能留住自己的魂。

险些被风刮走的人，如落叶般脆弱。

活在形式里的人，替你们感到惋惜。

你们误解了我的“傲慢”，只是不愿意开口，习惯安静，可心里是喜欢你们的。
请原谅，我的世界不能太热闹，否则我将没有时间梳理自己。

告诉梅丹理

存在的意义

他拿出一本

六种语言的诗集

告诉梅丹理

走过的路和

看过的风景

他上楼拿来

另外一本

笑声像眼泪那么咸

眼泪透明

看到自己的笑声璀璨

缅怀已逝的

字正腔圆

说着笑

笑着难为情

谈蒋浩、小蓓、西棣的诗

去洛夫的故乡，谈论蒙田的船

而我挚爱的木心先生

梅丹理替我参加了纪念仪式
谈论人类的语言与良知
救过的蚯蚓、喂过的蚂蚁
喜欢大自然与寺院的庄严
喜欢人类和平、友善与自由
为此，他将原本收回的诗集，赠予我
临别时，他说你值得拥有

人们叫我达达。在宋庄美术馆他问道：你是法国的达达
还是德国的达达？显然是中国的嘛！

生活
简洁美好
一亩良田
两条鱼
种花种菜
种简单的爱

闭上夜晚的眼睛
在月光的怀里沉睡

夜如此庆幸

孤独的人在漫步

晴朗的下午，去上苑村朝鲜艺术家的工作室做客。路口一辆车，停下，开窗问：美女怀柔怎么走？我连抱歉都没来得及就问：下西市怎么走？着急的他和迷路的我，如此各自无奈微笑，匆匆作别。

去密云的深山，与印度画家走进摄影艺术家何崇岳在长城脚下的院子做客，一切都像小时候，散发着原始、自然、古朴的气息。

独自从长城下山去散步，陈年的木头开出新鲜的花儿，花母鸡在繁华的地里悠闲散步。

遇见摄影艺术家陈家刚与他的相册，确切地说他是大山里的建筑师。

大山的臂弯里

蜿蜒的长城下

定会培养出
如水一般
高贵的人格
——赞美诗

回来路上，古老的大树枝头，蜘蛛竭尽全力编造一个完美的梦。

八月以诗人、作家的身份驻馆，理应回到工作室继续创作。

大米与红枣在锅里翻滚，牛奶也去凑热闹，原本想削一个完整的苹果皮，一走神，奶从锅里溢出，慌忙制止，苹果皮掉了一地，思想太拥挤，粥煮好了，诗忘光了。

这个夏天也只有蚊子能伤害得了我。遍体鳞伤疼痛难忍，可还是会原谅你，明白在我的身体里流淌着纯粹的原生态血液，尽管喝吧，眼看冬天就要来临，你将小命呜呼。

第一次遇见北京，这样如泼的大雨，整整两天，在秋分时。

雾眼蒙眬的晨，却沉寂在月色如水的夜里。

心怀大爱者，必有天赐。

从树叶发黄的边缘启程，山格外安静。
愿化作一粒正义的种子，待到来年时开遍漫山遍野。

“美丽的梦和美丽的诗一样，都是可遇而不可求的”。

金秋十月的北京，请等我回来。

与车撵坡乐队去敦煌的路上，一觉醒来便是南京，从此一眼望去都是白墙灰瓦和湿地。隔着玻璃呼吸你的存在。真想在一个名叫无锡的车站临时下车，然后朝着池塘边的小路头也不回地去寻找。
而我，也一如既往地来到了思念的大上海。

草莓音乐节后，到达潘安湖，坐在枯树下等待，千年的历史告诉我，它是如何倾斜的。

在敦煌，下榻的房子偌大，戈壁的胸怀总是敞亮，痛痒乐队在厅里踢着足球。

漂洋过海，将一杯水带到沙漠的脊梁，一个时代已经过去，我们的爷爷已不再地位显赫，走在熟悉的大道上，人们彼此冷漠。

高更与塞尚写信让我告诉你，艺术是抽象的，生活亦是。

大漠遇故人。久不见歌者者来女与刘方方土，转身时，差点一头扎进韩松落的怀里，惊喜感动地望着他们。

“现在我只想紧握你的手，和你的苦难在一起。”堃哥在台上唱着《红与黑》，我在地上寻找光与白。

敦煌石窟，世间最美。

一头抵进大地怀里的时候，一切都被原谅了。

月牙泉的水势渐长，遇见画家雪峰兄，在阁楼的画室，日出而出，日落而归。

音乐节的巡演结束，离别上海、离别徐州、离别敦煌、大漠之夜。

十月中旬，回到北京，回到艺术家的生活里。

后山的柿子红了，干的枝子，像一幅油画。

秋已重，天更荒，不在身边的人，拾起回忆，照顾好自己的冬天。

神给予我太多礼物，在我还未到懂得打开它的年龄。

几日不来山里，树上的栗子被深秋洗劫一空。

繁星布满的夜，安静甜美，呈现她自己的样了。

我和秋天存在着无法理清的渊源。
秋天的风把路变成陌生人的样子。
而我眼中的秋天，到处都在瘦。艺术家瘦，马瘦，柴火瘦。
于是，我把秋天也喜欢过了。

在早市芹菜与西红柿的交谈中，想起傅雷的家书。恰巧父亲来电，似阳光对草地的谆谆教诲，晶莹剔透的露珠映照出一面忠实的镜子，上写着国家的荣辱与艺术的尊严。我们的祖国，在希望的田野上。

散步路上，想起昆德拉的鼻子，想起木心走在南方潮湿的竹林和在莫干山时喜欢过的羊腿。
——想念文字里那可爱的人们

深秋的早晨，有雨，且细柔。台阶上洒着一层雾，或是水，潮湿阴凉但不觉得冷。草地就要彻底地变枯变黄，麦子却油然而生，小草和麦子一样，交替着生命的年轮。树瘦了，于是山也在冷却，我从过去的早晨醒来，在一碗汤面的怀里醒来，早晨和你一样柔和，空气中弥漫着温润，一张嘴，就是一首委婉的歌。
——十月末，有雨。

一直想把童年重拾。因为每个人一生当中最干净快乐的时光似乎童年时期最为纯粹，为此我们需要拾起简单的快乐。

所以，在大地面前，在未来到来之前，请不要再因计较得失而浪费生命，请不要因为他人多占了一点便宜而愤怒不止。那些所谓的占有都是虚幻和不存在的，人生无常，谁知道下一个流年会长出桃子柿子或开花或结果呢？足够拥有就赠予他人吧！给那些生命贫瘠有所需要的人多施舍一些又何妨呢？正所谓：出爱者返爱，福往者福来嘛！

——上苑艺术馆到北石槽的骑行途中

不被物质名利牵绊的日子，真好。

把十六个秋天组成的歌捧在手心，如此不再孤单。

诗人不光会写诗，还要具有诗性的人生。

从远方回到远方，如此又要去往新的远方。

大海如此浩瀚无涯，天空如此辽阔无边，心胸怎敢狭小。

远方除了遥远，一无所有。我是远方，也是遥远。

风呼呼地喊，冬将来临，离开北京，像候鸟一样去南方寻找温暖，暂结束艺术馆生涯。

卷　三

上　海

你的孤独虽败犹荣

蚂蚁说它要做一个端端正正的人，那些糟糕的爪子早已脱离它的洞穴。

在鱼鸟市场见到一些人，被装在镜框里。

早晨出门，走在南方有雨的路面，四处爬满迷路的螃蟹，比北方湿润。

舍弃自己，照亮他人，是蜡烛的功德。

四季充满宗萨的语言，教我见证世间的春天。而你，则是我心灵洁白的莲花与陪伴，无论脚下的路要走多远，希望生命始终有你。

刚要把一个陌生的城市摸透，冬季的严寒就将我推向另一个城市的怀抱。

一如你智慧的眼睛，在黑夜里闪闪发光的慈悲。

一个温暖的人出现，即便严冬也觉得生命是暖的，是永恒该多好呢！这世上有永恒吗？有，生命。

我想给未来的你，做一个够吃一辈子的大面包。

大海弟问我哪里才是归属地？我说此时心里住着的那个人就是我的归属地。或许，他正穿着僧袍念经呢！

即便在千里之外，富有悲伤气息的旋律也会被中途转调显得晴朗而愉快。

突然理解当年韩警官去菜市场买大葱，居然把蒜苗一起带回来，因分辨不出究竟哪个是葱哪个是蒜苗。原谅一些人也是突然之间的事。

握在指尖的阳光与花朵，他唱着：他的爱人走了又来。

坐在楼上的露台读你的诗和眼睛，宛如一架古琴寂静地站在海浪拍打过的岩石的左边，暮色即将吞噬大海所有的宽容，而你将如何面对你爱的人和爱你的手指。

望着星星一闪一闪，你就是天空里的一盏灯，虽然距离遥远，但每次仰头总会心生暖意。

生命常有缺憾，幸好音乐能续久续长。成长常有遗憾，幸好文字能温情温伤，读你的孤独虽败犹荣，幸好文字能温情温伤。

爱别人要比被人爱幸福得多，这是真心付出后所反射回来的温暖。

做一个端正的人，才无愧于阳光对你的爱抚。

恰巧在遇见孩子们的时候，也幸运地再次遇见《飞鸟集》，那个梦中交谈并给过另一只手扶持我的印度老先生，他说我应该回学堂去教书。
——怀念泰戈尔

写信问弟弟去兰州的家了吗？
他说：去了，尘土太多，鱼儿死了剩下骨头，花儿死了就剩枯叶，车已无法再看。
除了心疼不知该说些什么，断舍离就得对自己狠一点。

与小果散步。院子笼罩着桂花迷人的香，小草慵懒而半眯着眼，勤劳与疲惫的世界交替着旋转，大地舒展翅膀等候孩子们的奔跑。这是一个温柔敦厚的下午。

喜欢你活在自己的欢喜里，欣慰你生长在自己的思想中。

还没尝够怀柔的栗子，那秋风亲过的柿子，也将挨个掉落。

话还没有讲完，人还没有爱够，树叶就被一把火烧个精光。
年轻的年迈的都是可爱的。

当你们无意经过我生命的刹那，我已将你们写进我的乐曲。

人是靠亮光指引方向而前行的，请原谅一次次的离别，与上地所，与剧组，与艺术馆。

梦里从你的臂弯走到蔚蓝的海滩，走向会自由呼吸的游艇的鼻梁。

假想过很多种与你重逢时欢喜的方式。假如没有出走，假如，会如期归来。

十一月的上海温润如玉，我将站在这里不动，恐怕你不知道的是：我也喜欢柔软的冬天，喜欢温暖如初的自己。

出走，在黎明的早晨。

离开艺术公社时，何大人说：每去一个地方，都不要虚度，要做些实际的事。

准备去孤儿院给孩子们教合唱，编排新年音乐剧，为此可以停留，下月十号返京观百老汇音乐剧，成为艺术家之前是要付出很多代价的。一如木心所说：“那个才气超过你十倍的人，你要知道，他的功力超过你一百倍……自己耕耘，自己收获，自己培养自己，自己养兵千日用在一时。”

到了南汇孤儿院，小陈带我买来被子和毯子，准备住在教室。因大把钞票花在北京，那是个近乎烧钱的城市，在兰州活十年的存款在北京活一年多就很知足，所剩无几的被小偷偷光。也罢，从零开始，自己耕耘自己收获，何尝不是件好事呢？

一条狭长的小河从两座住宅楼的影子中间穿过，而另一条河在不经意间发出淡淡的忧伤。我的忧伤，是小河所不能懂的。

在雨打雷声的夜里被惊醒，无时无刻不在祈祷未来。

躺在潮潮的地上以为会彻夜难熬，然而没有，只是在翻身的时候不经意腿麻了一刻钟。一栋大楼，一个人。

大千世界茫茫人海，独行也如此艰辛。坚持不住的时候，真想飞回家，转念又想，若不坚持，怎会成就艺术，成就特立独行的品格？

年轻的年老的，我希望你们能谨慎地相爱，即便是爱得死去活来的感情，也请把生下来的孩子抚养长大，他们残疾或丑陋，请一定爱惜他们的生命。此时我可怜你们，因为你并不知道被遗弃的孩子模样有多么可爱。

有人告诉我，所在的孤儿院，是曾经的派出所，想念我在上地的伙伴们。
而你不知道的是，我爱这端庄的深蓝色，身上的警号，警衔的拐角甚至那一粒可爱的扣子，爱这洒满大地的温暖，因为你就是我的温暖。

想起甄嬛，想起一气之下走出皇宫去往甘露寺备受煎熬的嬛嬛。

夜里枕着《菩萨蛮》，迟迟不肯睡。

早晨醒来，如阳光一样，很好；希望你和我一样，也很好。
——生活在别处

隐形人

早餐时数着记忆吃薯片，一片、一片、又一片。

我始终是个怕冷的人，总想找到适合自己的暖。

途中，隔耳机听人喊达达，转头看到孤儿院的孩子陪奶奶卖鱼，人们正纯朴善良着。

一只刚摘下来的柚子在不懂事的操场被孩子踢来踢去。

踏着深橘与绿色相间的跑道，双脚不受控制地一直向前跑，停不下来，如同清晨第一只眼睁开的刹那，脑海住满的影子，变着花样在我生命里来来回回，于是我像一只备受煎熬的鱼，一整天都在沙漠里度过——海里有多少种生物就有多少次想起。

当我感到痛苦即将到来的时候，总会出现并给我一个鼓励的微笑——你，是看不见的隐形人。

真诚地热爱你端正的思想，差一点当作宗萨仁波切。

备受煎熬的心在一碗粥里得到解脱。

你一来，忧伤就全被带走。你像冬日里的阳，是期待的暖，是树也是海。

雨水到来之前先是一阵狂风怒吼，当孩子们一一离开教室，当所有人都回去自己的家，我独自背着橘色的羽绒马甲踏上一条孤冷的马路，风灌进脖子我就拿围巾将自己裹起，可那种内心的荒凉是无法抵挡的。而此时我会想起你，意识到你存在的意义是不可脱离我的世界时，一种莫名的恐慌油然而生，只怕有一天会丢掉这种感觉，于是在一个冬天的傍晚，在独自失落的夜里，绝望冷漠刺骨快要将我吞噬的时候，你又出现在我面前，依旧冲着我笑，像往常一样温暖——看不见的隐形人，到底是谁？

每个人都是一个孤独的花园，而每本书则是一粒新的种子。

五点以后，白天也悄然远去，冬天的黑夜很长，荒诞的冷。此时，是和自己独处的开始，看似有些凄凉。每每这个时候有个人会隐约出现在意识里，缠绕着不得安宁。生病时意志力最脆弱，身体最痛苦，希望得到他的安慰。这种莫名而强烈的感觉在几个月前就已诞生，以为自己被烧糊涂了，可后来被冻得发抖的时候也会想念甚多。

一个短发齐刘海的小姑娘认真走过来站在面前说："达达，你能抱抱我吗？"这是一个没有防备的惊喜，蹲下身子将她揽在怀里，被感动，有点紧张。她渴望的眼神清澈得像夏加尔的湖水穿透心脏，穿越到另一个世界，似北极，无法逃脱彻骨的冷。一个又一个精灵般的孩子就这样随意地被父母遗弃，我想象不到那种狠心，那种放下孩子扭头就走的转身是怎样的决绝。

随后扑过来一个小男孩从后面抱着我的脖子，毫不客气地亲一下我的脸蛋，这是对老师的爱，我也深知，他们需要被关注。

的确，奉献自己是很好的取暖方式。

傍晚，孩子们都被接回领养的家里，旗杆独自站在空无一人的操场。

即使有万重锁也抵挡不住十二月的漆黑与寒冷。
想回家，扑到思念的人怀里大哭一场。

新的一天总会到来，而我的思维是跳跃式的，生活亦是。
不仅要学会写诗，还要把日子过得十分有诗意才好。
要相信，这样的出走和体验，是有价值的。

车子送给弟弟开，房子准备让给妹妹或需要的人住，金银首饰一件没带在身上，卡里的钱也已被贼给偷走了，父母呢上有爷爷奶奶要照顾下有孙女要喂养，爱情算不上夭折就跟压根未曾来过一样，工作也早就辞退了，这般了无牵挂，自由生长。

跑步跑到热血沸腾的时候也是想念最深的时候，听小钟，听《上海》。

游离在欲望与虚幻中，缥缈了的日子转手抛给别人。

青春太短，安放不下那个高大的你。

手里拿着三把钥匙经过四重锁走过五道门，却始终锁不住奔你而去的心。

牵着“瓦格纳”的手穿过冬天，精神上的情人，有很多。

听说昨晚北京的雪下得随心所欲，今夜上海的雨也自由极了。

没有什么是一定的，都会变成不一定。

我曾住在你的身体里面感受温暖，即便我从未见过你是谁。

那个梦中醒来的人，用遥远怀念着你的陌生。

太阳溢出来，你就笑了。

话像羊绒，会自己编织。

当回忆升起来时，像太阳一样宽厚仁爱。

恍然大悟，你不愿意和一个人长相厮守，和我不愿意在一个地方长期逗留的心意是一样的。但我还是希望能有个理想的人照顾你到终老，而我的盼望就是去理想中的远方，直到更远。

周日趣事

一个小男孩认真努力负责地发到第八个羽毛球才打到我这里来，样子可爱诚恳又不得不令人想笑，试想，我小时候初学打球会不会也是这样的努力，但球拍怎么也打不到球。

后来逃课打球的同学被罚站并在楼下吃饭，那个手小门牙漏风的男孩饭汤洒了一地，还冲我大吼大叫，好像我做错了什么一样，苦笑。

中午迫不及待地问上周教作文的三年级小同学，有没有受到老师表扬？他一脸无辜地说老师让他重写。惊讶，原以为，以“十一月的尾端有一丝冷”开头，这样诗意的句子开始会得到赞美。他回过头问我：尾端是什么意思?

下午同学们都被接走，剩下的那个一会儿跑出去看看，直到第六趟回来，焦急地说爷爷怎么还不来？像个小大人一样惆怅，想必如今奋斗的你们早已忘记自己童年的简单与快乐了吧?

他打电话给家里：达达怎么还不来接我？哦？原来上海人管爷爷叫 dada，难怪他们叫我叫得那么亲切好玩。我问他家远不远，他说不远出门这样拐个弯到那里再那样拐弯再这样拐然后那样拐再拐一个弯就到了。噢！假装明白，似乎很远的样子嘛!

在教堂的钢琴旁，安静地弹奏着，一束光从窗外照进来，和音乐一样温暖。

希望在我送去福音的路上，自己已经是福音本身。

于是拥有了另外一本附有诗歌的《圣经》。

音乐会结束，长老与唱诗班的弟兄姊妹为了感谢来看望，说何老师教室不能住。

马頔在耳机里唱着说：亲爱的，天黑了你怎么还不回来？
于是华姐“强行”将我带回了家。

我站在四楼的橱窗旁，从《新约》开始。
而你，就是我的全部。

当然我认为，神在我生命中，也有个计划。

哪一站下车

大雾正朦胧
于是
我要经过
松江南
嘉善南
嘉兴南
杭州东
绍兴北
上虞北
宁波
台州
温岭
乐清

温州南

瑞安

福安

宁德

福州南

猜，我会在哪一站下车？

到达你的城，你却不在。

再回来，上海的雨也停了。

与我同在的，不论你是我先天的亲人还是后天的亲人，不论你是以哪种方式出现的，都晓得你的暗自保护，谢谢有你！谢谢给我生命的人和陪伴我生命成长的人，默默为你们祝福！

当灵感的言语被落在早晨的路上时，我不再感到心慌的悲痛，就让阳光小草吸收去，做冬天的外套吧！

每天五公里，骑车去教堂。

竭尽所能，直到不能。

教唱诗班可爱的人练声歌唱，又开始了我的声乐课生涯。

晚上再读《西藏生死书》。谁不是在为死做准备呢？
我们是彼此最特别的人，却奋不顾身地离开了对方。
死亡的箭穿过指缝时谁也抓不住，死不是人生的贬义词，不要感到恐慌。人们总是在为死做着准备，哪怕仅仅一行潦草的字迹呢！归根结底人总是要死的，只是在迟和早上下定义。寡人早已将生死置之度外，所以亲爱的人们：善待万物，努力活得开心一点，同时也给别人带去一点平安与喜乐吧！
三十岁的歌者姚贝娜离开了人世，虽然过不久人们会忘记她，但她的作品会留到永远。

张向东给我的他的书上写下两行字：竭尽所能，直到不能。
寒冬骑车去教堂的路上，迎面风吹得刺骨，看到八十多岁的老奶奶独自在地里拿着锄头干活，感受到生命的坚强与韧性。感谢这样的鼓励，竭力追求，直到不能！

路旁广告有上好的黄酒，是绍兴产的，对，就是有木心的地方。想起何大人。十月，我们在北京的艺术公社自制了葡萄酒，三千斤葡萄被发酵。十月还带来戈壁滩上的紫葡萄和沙漠里的阳光。那里有我的亲人。

时间会走，人亦如此。
在我生命里你早已撒手人寰。

夜半转醒，读钱穆。

笼中鸟，这是最艰难的一生。
尘归尘，土归土，凤凰的女儿做不了鸡。

我们一不小心，就会平庸一生。

度量越大，自由就越大。

冬天越来越远，你越来越近。

过新年没能回去，跟阿洁在宋城，弟弟打来电话说想我了，于是泪眼婆娑地将一天度过。
雨滴滴入心，人远天涯远。过大年，在异乡在心里，问候亲人。

夜里，风来敲门时，我早已去了六月的山顶，徒步会旧友。

梦里，在葱绿的树林中演唱普契尼的歌剧《蝴蝶夫人》，意外的高音，周围人被吓跑。哼着一首不知名的诗歌醒来。

再次经过茉莉路，已是阳春三月时。

上海的海，深厚浑浊，风大得了得。
葱油面是温暖的。

在北京的秋冬是极不开心的，除去在校园在图书馆、听小钟《一个人去千叶》在后海散步、偶尔去探访三两挚友谈心以外，其余没有太多值得回忆。当然春夏就非值得回忆不可了，在上地、在读睡、在剧组、在艺术馆、在乘地铁去三联书店的路上，以及乐队排练演出，太多有意思的人和事相继出现在生命里，一旦闲暇就十分想念到过的地方、惦记遇见的你们，也格外挂念已逝的自己。

选冬已逝，还是春临近呢？

今夜，我将在心里写一封长信寄给北京和你。

今夜有雨，借雨问候。

梦见一个秋天的童话，一个粉嫩的公主和可爱的王子，冬天即将结束。

陷在一盏灯里念你到来

浙江，雨水不断，思念如雨水盛开，在一朵花的怀里。

你说你温暖地想念，然而我一直都在牵挂。

《出埃及记》中睡去经过《利末记》在《民数记》中醒来，辗转而反侧于是在《马太福音》中醒来。

风起的时候，我从一棵树归来。

早晨穿过雨巷，穿过人心自知的道路。

天才刚刚亮，你的倦意却裹在别人的屋檐。

终归，是要经历雨季的阴冷。

雨洒在屋檐又跌落在地上，于是泥土开始呼吸、开始芬芳。

草叶的肩上落满剔透的水珠，一首不可思议的短诗从种子里发芽。

雨不可嗅，但可听，是圆舞曲，或叙事曲，哪怕一段抒情委婉而绵长地显现在三月的天空里，是灰色呢！

你是那美丽的形而上啊，是那金黄一片。
浓重且慢的日子，在海上。

很多时候以为人为难我们，后来在想，他实在爱我们！

原来，受过的委屈和羞辱都是为这样一个祝福。

或晴或阴，花开无恙。

四月第一个早晨的日出，温暖如玉，度数恰好。想起木心先生，想起北京的黎老先生和伊利河畔的朱老先生，知识渊博，才华出众，是值得尊敬的。

生活一旦造就到接近完美时，就要刻意去破坏，所谓轮回再造。

人们在一起时互相矛盾，又在别离后各自怀念。
当然不能责怪人的反复无常，因为四季亦是轮回，地球也是反复转动的。

计划要回到故乡，计划时常有变，在心里给祖先们献上一束鲜花。

还未来得及品尝春味，夏已将我全部占有。

给我一碗米的时间，一盏灯的光照，给我一只手，愿安好，如四月。

论读书的人，幼年时读《民间故事》，少年读《人性的弱点》，青年读《傅雷家书》、周国平、毕淑敏，壮年读尼采、叔本华、蒙田、黑格尔、西方哲学，成年读余光中、蒋勋、张晓风、周梦蝶，再回来读木心就简直爱得不得了。

将自己最喜爱且时常带在身边的《琼美卡随想录》给了可爱的人。

在流浪与乡愁之间，遇见你。

愿意上心的，就会成为心上的。

我在世界周游，你在心上驻留。

走在一条悠长而垂满爱意的路上，思念你。

再次的离别将赐予更多的盼望，于是盼望着盼望，你和春天都来了。

晚风扶起月光的影子
远方逐渐变得清晰

我一再徘徊
徘徊在河边的小路
因为仍然想你不变
愿我的母亲甜美勤劳
愿我们的母亲勤劳甜美
愿南方的月光照耀依旧
愿众星安抚你牵挂的心
愿所有百合的芳香献上问候
愿所有游子的忠诚归于祖国
——致母亲书

谁说中国的游子走不远，我将走得更远。
无论路上风吹日晒，或甜或苦。
因为凡事临我，必有他美意。

梦里看到自己开车行走在一条狭窄弯曲的上行路，待到山顶则是一片宽阔之地，那里有大片草地，山头草叶密集，一个偌大的光圈照耀着大地，有天鹅飞翔。

每次开始手工创作都觉得困难并懊恼，经过挣扎、思考并得出结论，当接近尾声时却迟迟不肯离开，每每结束在一往情深中。凡事贵在坚持。

将做好的蚕茧紫色花束寄往兰州润园的邻居一航，原本两百大洋却收到十倍的价钱，感谢人的良善。

没想到，离家出走会这么艰辛与困难，不经历苦难怎知珍惜是何物。

而一切我所能看见的，都是你看不见的。

再去重庆。飞机颠簸得昏昏沉沉，到了秦妈，重庆人为什么火辣辣，终于在饮食中得出结论。然后就是上下膛失去知觉，吃到结尾整个人好像麻木。在北京吃咸在上海吃甜，再回来吃辣已经吃不动了。清心寡欲的人哪。

除去藕、笋、水稻、木耳静默不语，在烟雾缭绕中，鱼塘水面飞舞着白色的野鹤。
青烟四起，屋前狗打着盹儿，鸭子觅食鸡在园子里刨土，屋后两只大白鹅夫唱妇随地唱着歌散步在竹林，墙外三三两两的白鹤一旦叼着鱼就不知去向。背背篓的人赤脚从门前走过时，零星有小雨落在狗的头上和人的背影中，早晨就这样开始了。屋檐下的早晨比远方更远吗？

再去杭州。牵着月光的手，在西湖畔散步，仿佛牵着父亲的手，走了很久差一点从回忆里走不出来。而那天，恰好是爸爸的生日。两年后，也该告别他三十年之久的检察官生涯，回家做专职爷爷了。

回到上海。再见时，先生问我，这样劳累辛苦不辛苦啊？我说，等待才是最苦的事。

时间里，春天里，青春里，夏天外，你之外，你是谁？

一心只为等你来。
等待是苦，也是甜。
等待是度日中的煎熬，等待亦是黑暗中的光亮。
等待的心备受煎熬，却无比喜悦。

愿你是我的稻草人，也愿我是你的小麦穗，暖风吹来时希望你能牵着我的手，跨过小河经过竹林，在一片桃红盛开的园子里看远处金黄的油菜花。我愿是你的花瓣你的果实，也愿你是我的枝子我的泥土，愿我们是春夏交接时微风可爱的样子，也愿我们是秋冬严寒里仅存的温度，如那唯一的。

你走了我比孤单还要瘦
背影住在我的泪眼中
陷在一盏灯里念你到来
相信这是一场相思的折磨
期待见面在最好的时间里

“世间一切的相遇，多是前世积累的缘分，总是要在今生发生些什么的”，这也是我深信不疑的，看到一场用生命奔赴的爱情。

在春天的花园遇见，你转身对我说：等待的人就是你的模样。

你说你爱我

我说我不信

你说不论你信或不信

爱你这件事一定没有商量

鱼说：水浓于血

你说：我浓于你

我是你的云，也是你的风

你是我的海，也是我的帆

用一朵桃红商量我们的相遇

用一生的时间奔向对方的眼睛

“醒来觉得甚是爱你”

于是在一个温暖的早晨

将自己夹在书中寄给远处的你

穿过遥远，来到南方，为了见你，哪怕只一眼，便足以抵我一生的华丽。

站在花蕊的怀里
看你眼眉低垂
宛如一个女子的裙摆
你是我四月的芬芳
是我今生的骄傲

一枝独秀寒中来
花浓雨浓情意浓
破茧成蝶是为谁
独守一生蝶恋花

在一朵花中盛开
在一束光中等待
等待转身时的微笑
将是一生最好的回忆

宛如一朵花的盛开，又似一盏灯的光照。

去一百个地方，经过一万片树叶，是为了再次相遇。

早晨，窗户被雨打湿，多希望你和早晨是同一个人。

此时树在，山在，大地在，岁月在，我在，你在哪？

“没你在时我想你，有你在时我看着你……
每一件和你有关的小事情都让我心动，
当你和我说话，当你没和我说话。”
让我细节的一生爱你一生的细节。
——读海桑的诗

你一离开
我的世界开始慌乱
我的良人属我
我也属我良人
我，因思爱成病
——读《雅歌》

信奉同一个神

那被一场大雨洗过的路，干净彻底。

似乎始终没有停，绵绵细雨中行，好像你就在身旁，仰头看天，一同笑。

于是脚步快起来，此时你是我所有的动力和活着的理由，倘若没有你，不知我会在哪里？

读朱生豪给宋清如的情书："（要见到你）然而此刻兴奋得毫不感到疲乏，也许我的瘦是由于过度兴奋所致。""我们的认识虽是偶然，我们的交契却并非偶然。""我食不甘味，寝不安席，无心读书，悲观厌世。一会儿恨你，一会儿体谅你，一会儿发誓不再爱你，一会儿发誓无论你怎样待我不好，我总死心眼儿爱你。"你也喜欢这样的句子吗？

仍坐在原来的位置上，和你喜欢的咖啡在一起。

别人有伞，我有树，在叶子下躲雨，在雨中奔跑。

将爱情放在公园的木板小路，洒在深草丛，放在每一片有雨的叶子上。

当你在我呼吸中出现，当我触摸着你的名字。

是你黎巴嫩的眼睛，约旦河的相思，经过冰岛来到你的以色列。

等待中送一个背影给绝世的华丽。

是你的苏拉密女，你的彼得，你的马利亚。

面对真理，一切阻拦都不足以成为退缩的理由。

那在笼子里的
穷极一生

被暴雨打湿翅膀的
因思爱成病的
一切都在
又遥不可及
你是我的精神导师
亦是我路上的光明
所以要仰慕并赞美

木心最大的仰慕者与支持者是丹青，木心是他的老师也是精神导师。他们认识二十五年，在同一时期住在纽约市皇后区。

之前追随木心先生爱得不得了，但终归未曾见面，是件憾事。

然而遇见你，就像丹青遇见木心。

一想到你要来，世界变得清晰、彻底而美好。

假如我是鱼，你就是活水。

不会矫揉造作，不会阿谀奉承，容易吃苦头。

亦如在敌人面前为我摆设的筵席。

“感谢神让我们相遇然后分开，一分开，就是一万里，”离别总是伤感的，如同一杯胡萝卜汁被一饮而尽一样的空。

怕失去，因为失去怕了。

生活有趣，如点心、如冰激凌。两个完全不同性格的人相遇在一起叠加出亲密的生活，难免会有不如意。当然事事如意那还了得，姑娘们在一起需要磨合，年轻夫妇也需要磨合，或许待到磨好时也将各奔东西。真是悲喜交集的一生啊！想要生活丰富而如意，花上半辈子时间修炼都指不定能成其所愿，“如果再有余地，定要选择一个淡淡的目的”。

早晨五点半，窗户被雨打湿。
树在，山在，大地在，岁月在。
枝叶繁茂，雨还在洒。

在雨中跑步是一件多么浪漫的事。

一粒其貌不扬的小种子经过风雨洗礼长出无数个饱满，如同婴孩长成少年，虽经过苦辣酸甜，终归成人。凡事皆有神迹。

方姐会把最好的给人，同家人一样善待万物，是大良民。她总是说思念得想哭，这种表达方式教会我如何把思念让对方得知。对于我而言，思念容易，倾诉难。

自远方来，将更深的足迹种在这块土地。人情丰厚，土地肥沃，喜欢这里，尤其喜欢田间自教堂的小路，沿着河水，经过小桥经过岁月留下的斑驳痕迹，水稻在农夫的脚前亭亭玉立，一排排整齐得像士兵的肩膀。一眼望不到边，希望被栽种，到时候再拔出。

论到上帝造人，想起木心先生的《笔挺》。他说上帝造人是一个一个造的，手工技术水平极不稳定，正品少之又少，次品大堆大堆。上帝把我制作得这样薄这样软这样韧这样通体微孔，为的是要来世上承受名叫“痛苦”

的诸般感觉。

归根结底上帝会伸手来摸摸你的额头，就这样，你会感到，一点也不痛了。

音乐是治疗伤口的良药，它既能替你缓解疼痛也能使你痛得更彻底，唯独彻底方可见心。

不要一味索取不懂得体贴，如此冷漠神殿会荒凉。

在《巴黎圣母院》里甘果瓦说："诗歌养不活写诗的人。"他在北京也这样劝我。

那曾经一个个的高大威严，经不住时间的考验，慢慢在我的世界里变成灰，低到尘埃里去。

世界无非如此，这又算什么呢？

台风会把一切不牢固的连根拔起送它到该去的地方。

那些石头地里的植物一一被台风吹弯了腰，其实它们也愿意长在好土里根深蒂固不是吗？

不要试图将我拉近，做局外人，仅此而已。

并非如你所说，坚持写作有六年之久，永不放弃，不要小瞧这种坚持。

跑步和读书一样可以甩掉一切消极，多跑多读就多一点光明。

离家出走的日子已越来越远。
想到小时候的玩伴，再也回不去，想哭。
想到见过的人再也没有机会碰面，想说的话再也说不出口，想哭。
看到一位八十岁的先生，想爷爷奶奶姥姥甚至姥爷，想哭。
想到已故的人再也不能行走再也不能一起谈天论地，想哭。
到最后，一滴眼泪也没能掉下来。
想想罢了。

自上海回兰州，安检让把牛奶扔掉，怎可以？于是咕嘟喝下一杯水一袋纯奶和酸奶，顿时觉着恶心，一思索，肚量都是撑出来的不是?

机场遇见的一个陌生女人的眼睛像极了妈妈，差一点哭出来。是有多久没见面了。

在兰州与表姐同住，犹如小时候。
爸爸在车站接我，拉着爸爸的手去看望爷爷奶奶，犹如小时候。
与婶婶去乡下，躲进深山与万物相会，远离世俗纷争。

大山，美得不可方物。

渴望行脚僧而成为行脚。
云游四海，四海为家。
佛法教化人，上帝造就人。
爱这个世界，因为神爱世人。

有一种眼泪比微笑还甜，那失而复得的。
你若知道一切皆是因果，就该坦然无惧。

北京航空管制，于咸阳机场停留六个钟头，读《大卫》读《亚伯拉罕》。

所谓患难之交就是不论白昼都心甘情愿为你而舍己的人。凌晨两点，在首都机场见到苏南达寿天与何大人，漆黑的夜蒙眬着双眼，久等三个时辰，感动得说不出话来。
——论友谊

每一个被流水偷走的日子，必将留下独特的印痕长久地刻在人们的心上。
每一个早晨，也都值得我们纪念和感恩，感谢老天给予我们一切新的！

经过山川晴空，风花雪月，经过悲凉之夜凄惨之冷，经过烈日炎炎秋风落叶，将一抹春揣在怀里温暖一生，来时我想说：谢谢你们如此爱我。

两个人在一起很麻烦，一个人孤单，三个人正好。此时在上苑艺术馆和寿天苏南达在诗人蒋浩的书房吃着印度咖喱，窗外知了茂密地叫。

将十一个大箱子交给何大人，拥抱苏南达与寿天，再次出走。

等待

一朵花的延误
盛开并不焦急
一把锁的延误
钥匙不会愤怒
开花山端安静
挂锁铁绳永恒
在等待中祈祷
在沉默中行走
天空是要下雨
眼看就要抵达
行李去了远方
他在南国等候
是暴雨的延误

是荒诞的戏剧

是演员的辛酸

是瞧不见的伤

请将所有微笑

变成鸽的翅膀

凌晨四点立秋

与你同时到达

卷　　四

广　　西

愿你，能闻见空气里的我

将北京的冰雹装在秋天的裤兜里，放在北海岸边紫罗兰色的沙滩上，海浪扑过来亲吻着脚腕与裙摆，雪白雪白的，于是把梦醒来，在一个有海的早晨，让世界睁开眼。

拾起一枚叫记忆的贝壳，写两行看不见的诗，丢进大海。

让云朵搭乘海洋的帆，在风中随你的衣襟远行。

清白的早晨，愿你，能闻见空气里的我。

时间一直都在，只是，不知道你去了哪儿？

我已进入秋天，亲爱的请别为我担心。

一场暴雨之后，在街头遇见自己，是彻头彻尾的，比想象中年迈，比想象中良善。愿雨水洗清我一切的不义。

喜欢行事单纯、懂得感恩的眼睛。在秋日的午后，梳理旧事。旧事和我，是路边秋天的落叶，亦是孩子与父亲之间的约定。

断了线的风筝飘到远处，水汪汪的眼睛瞪着，和海水一个颜色。风说：孩子请跟我来，带你去寻找阳光和草地，我爽快地答应着，醒来在一个温婉的早晨。

陌生的人在时间里寻找自己，经过大海，一个在岛上熟睡，一个在月亮怀里欢喜。

二月的非洲，或炎热，或有风，拖着我的心游走，将苦难化作甜美，归来是等待与盼望。

来这世上，曾扮演富贵人的模样也扮演不为人知的贫苦，如今是一个流浪汉，恐怕要请你原谅，或许在若干年后将成为一种艺术流派，当然途中目睹的人间冷暖，才是艺术本身。请听我慢慢来说。

喝水都不可以贪婪，否则随时都会有被呛死的可能。

不要把雪中送炭的美好沾染在锦上添花的美好上。

已是立秋，然，这座城四处洋溢着花香和难忍的酷热，刚洗完澡，也会满身大汗。

人们都睡凉席，我却被 ge（四声，兰州方言不晓得哪个字）得左翻右翘，彻夜不眠。

一座城和一个人一样，个性气质、儒雅程度和美丽的方方面面都有不同。

我尝试着每一个不同城市的生活方式。

你看那大街上，有的姑娘，穿了就跟没穿一样，衣不遮体穿它有何用？夏娃与亚当在伊甸园受了蛇的引诱吃下禁果违背神的意愿，为此人看自己赤身裸体觉得害羞就躲起来，衣服的功用是用来遮羞的，要懂得何为羞，何为耻。

达达历险记：经过北海时，差一点被传销组织吞噬，幸好从小生活在公检法的大院里，看着父亲办案长大，练就一身敏锐的“观察力”和“反侦查力”。想说服吓唬我的人，反被因果经吓跑了。再忆那个过程，确是后怕。

艺术是要有所牺牲的。木心绝对地说。

费尽周折，终归见到诗人，犹如见到小伯父，他说看到我憔悴的样子，一切都明白了。不管那么多，总之是安全了。

西棣说：人性经由诗性抵达神性，只有充满神性，人类才能诗意地栖居在大地上。

我深信惠特曼说过的那句话：一流的诗人必须是一流的思想家。

因此诗要活下去必须有诗意的心和诗思的脑。

瑶家油茶一如当年的瑶族舞曲，醇香优美极了。

梦见一片葵花海和小时候的自己，梦见满天凤凰在头顶飞，梦见大象在海边散步，庞大的鱼飞过头顶，梦见在梦里写诗，梦见喜欢的人的眼睛，梦见遥远的远方和紫荆花的灿烂，梦是奇迹，能给人带来希望。

忘记已经是第几个冷冷清清的生日和七夕都平平静静地过去了。胳膊破了两个洞，是蚊子的过错也是自己的疏忽，犯过的错总会留下难以磨灭的疤痕，要持守慎言慎行，马虎不得。

当你在物质上显得富有时，我已在精神上成为一名将军。不要轻易羡慕旁人，你有你的丰富，神造每个人都有他的目的和美意。

南宁的夏夜

我的胃是个矫情的精神洁癖者。“精神洁癖患者”西棣也这样说自己。

万物生长，闭目养神。

某年某月某一天的下午，木心坐在公园长椅上思考着人生种种的可能，我绕道走过弯曲的小路，安静坐在先生身后。草坪葱绿湖水安然，大块云朵从我们眼前飘过，鸟和小鹿像是一生的安慰。先生没有看到我——想念先生。

暂时不能回到上海，请你们原谅。不是执意作对也并非厌弃什么，你们要知道我是深爱那座城的，一朵云的一生，并非自己做得了主，风会决定它的去留。想念并希望你们好！

有多喜欢植物就要承受多大的皮肉之苦，生态越好蚊虫越多，这悲喜交集的一生啊！

最好活出自己的路来。说走就走的勇气不是每个人都具备的，面对生活要有所担当。

男人喜欢漂亮女人就像女人喜欢漂亮衣服是一个道理，但要有节制。

大多时候人们错把同情当作爱情，爱情久了也会是同情。

南宁的35℃好比45℃；今天上海29℃湿度100%；北京29℃湿度38%；台北30℃湿度70%；洛杉矶27℃湿度47%；大理23℃湿度71%；兰州17℃湿度48%；西和10℃湿度90%。换作你，会选哪座城颐养晚年呢？想必这一切都是恰到好处的安排。

生活的最好状态是冷冷清清的风风火火。此时，我正在木心先生所言的状态中，风风火火的冷冷清清者。

傍晚，窗外，被诗朦胧了一片。宁可每天都这般大雾，这使我留下来的决心更加坚定，于是恢复到散步中去，最好一步散到深秋，不要回来。

想必，宽阔之人总能走到慷慨之地吧？

如今我已长大，在广西，在白海岸线为我切割的是与非之间。

人一生充满着奇妙的色彩，凄惨或悲哀，紫色或淡绿，相信总有一天，都会被释放。

下雨了，真希望每天都能听见你，那来自太平洋歌唱的海鸥和岛屿。

君子坦荡荡小人长戚戚，心存不轨的人是和大气毫无瓜葛的。

缘分的深浅，恐怕是在于你的付出与取舍的多少。

雨，能挽留人心。这个样子才像秋天嘛！

在我心里最荒凉的地方死去。
你死在我心里最荒凉的地方。
你死了，在我最荒凉的心里。
你死的荒凉，早已不在我的心里。
你好，荒凉！珍重，不见。

走出去，世界就是你的，不占有，经过就好。

在北京，当人们介绍我是青年艺术家的时候，会感到羞愧，只是喜欢艺术为艺术做些事情罢了，还不配得艺术家这么阔气的名分。多年后再看。

现在，我只是一枚为艺术而工作的人。

在这个肮脏的世上，能干净地活着造一些干净的东西是艰难的，即便艰难，还要坚持说造就人的话做造就人的事。

艺术家，伪艺术家，高尚的艺术家，卑鄙的艺术家，你能准确无误地对号入座吗？

伟大的思想能推动一切艺术的前行，说到底艺术不可缺失意境更不可缺失道德。

要知道因果的厉害，不要一副天不怕地不怕的样子，时刻怀敬畏心，不任意妄为，明白人的无知与浅薄就会懂得谦卑。

不要让世俗的偏见玷污你纯洁的理想。

渴望时刻与天地之气相融，最好不要有一丝的间隔和试探。光明已来，撒旦请退下。

渴望爱情，要光明磊落、堂堂正正，随随便便的人生是荒唐且可耻的。

去除一切污秽不堪，公平、公正、良善与和睦才是我们需要选择的，愿我们从此不再遇见试探，如栽在溪水旁的树木一般，永不干枯。

路在脚下，前行的路就在脚前，你还想去哪儿呢？

神说：暂且承受这苦难，因为荣耀，会在将来显现。

世界需要环保，环保可以捍卫城市一生的尊严。

岁月留下的沧桑，刻在每个人的心里和手中。

同一片叶子放在不同的地方，价值都不同。

自这片叶子开始，我想关心你的一生，我十分敬爱的，这位叫大自然的绅士。

想和这个世界谈谈，也想和你谈谈。

希望你好，希望你的一生都能住在慈爱怜悯里。

一个具有罗曼蒂克人生的历程，快乐者。

流浪教会我很多，比如学会节俭，学会耐劳和勇敢。

别人的滂沱快乐滴在我肩上是不快乐的

听《邓肯自传》，邓肯以爱与自由轻叩伦敦之门，以四海为家。你是天才吗？她离弃芭蕾创造现代舞，而你能做什么？文学、音乐还是影视？希望多年后能做一枚生活艺术家，带给人温暖的艺术家。

“别人的滂沱快乐滴在我肩上是不快乐的。”木心在一个冷清的下午感受着异国的忧伤，我在远处，替先生一同分担忧伤。

先生说：没有你时感到寂寞，有你时带你感到寂寞。我说：请风筝带我去遥远的蓝天，去有你的地方！

波澜不惊的生活一如死寂，在流浪中懂得了欣赏种种。

我们来到这个世上不单单为情仇恩怨，我们应当有使命和责任感。

常会把对家人的牵挂嫁接在后来遇见的人身上，如此一来，他们比亲人还亲。

下雨了，三角梅被打落跌在地上，路是文明的，雨是有礼貌的。

院子门口有条小道，跟着别人走过一次，良心不安，觉得走了一条歪门邪道。后来每逢走正门要经过很矮的榕树，在低头时总能闻见一阵花香。

做一个堂堂正正的人，做一个有良知、有道德、知廉耻、有正义感、为人民服务的人，做一个高尚的人，为百姓造福、为世界和平、为爱而活着的人。

流浪可洗净一切大小姐的臭脾气，不信？你试试看。

凡事不可亏欠人，否则将被亏欠，不信？你也试试看。

打开门的瞬间也将云雾缭绕的早晨打开，被包围着的群山安详不语。天刚从朦胧中醒来，水是透澈的。河面上的蜻蜓飞来飞去，鱼和雨，都是自在的。挎着布包站在石头上瞭望未来，未来是可爱的。对面山上的亭子，蜿蜒曲折的小道，云在走，石头也在走。他们捡值钱的我捡好玩的，我的祖国富饶且美丽。早晨从捡石头的娃娃开始。一边出太阳一边下着雨，水面波光粼粼，像众生的眼睛一样干净彻底。雨是免费的，石头也是免费的，一切免费的都是快乐的。

——游走河池

夜已阑珊，那个人在一棵树的愁闷里独自叹息。一只猪路过，它说它是悠闲自在的，我说我是特立独行的。灯说诗是一个人的事，而生活和我都不是一个人。

一条路，若有所思地走，才觉得尽兴。

弥漫着苦涩的花朵，被一阵秋风吹过，她想起去年走在北京的傍晚，一个叫良善的村庄。

用米粉填饱饥饿的脑袋，和读书一样的快乐。

喜欢走洒满落叶的街道，遗憾的是它不能落地生根。

西棣说：品德是无法伪造的。
如同珍爱箴言，那罕见的短句，耐人咀嚼不厌其烦，想必定是真理了。

有些人的出现就像你人生中的一大败笔，可往往这一笔，增添了人生线条的张力和绚烂。

孤独是一种隐隐作痛的药引，别犹豫，喝下去。

别以为这样的流荡是不堪，其实是在为生命涂抹胭脂。
人说：三流的化妆在脸上，二流的化妆在精神上，一流的化妆则是这生命的妆。

傍晚散步，路过一排小作坊，各种杂货琳琅满目。前些天答应好的檀香因下雨一直未能如愿，散步去看看。
雨后的傍晚显得一丝清凉，再凉也得 26C°。

这是北方人愿意来南方的缘故吧！路是湿的，正漫无心思地走着。

生活一努力，都是美好，星宿一微笑，都是灿烂。

锅里煮着小米，想必那里的天空和湖水都是清澈的吧！

不论怎样的出走，总会有意外的收获与喜悦，收获智慧的开启与思想的泉水。

十五的月亮照着别人的屋檐，独自在异乡想念北方，流浪与乡愁融在一颗苹果的心上，一口一口，把它吃进心脏吞进肚子。

有一种眼泪比微笑还甜，那失而复得的。

月亮分成两半

暮色垂下时总会强烈地想念家乡，想念北京的大山，想念想去又去不到的地方。那里有亲人，同一血脉的人，可亲可敬。

到一个地方再想念另一个地方，去过的和即将要去的，那种遥远的距离让人再次感到难过。十月的夜，还和夏天一样，想必北京的枫叶已开始蔓延出一点橘红，柿子也由青逐渐变得软起来了吧！上苑艺术馆的爬山虎染上艺术家的新作被熏陶得迷人。此时大厅里来来往往的人都从现场回来，带着一身疲惫和南方的腔调。

不论男人女人，有了情怀还远不够，要有胸怀和大志才好。时间易老，每一粒汗珠都是等你音讯的见证。

每逢出门都能遇见远处飘来的臭粉味，出门前下定决心不能再吃，意志弱，或许螺蛳粉的迷人就在于它的酸笋。

请不要将我当作一个宗教徒，我只是一个在乎神和敬畏生命的人而已。

时间一圈一圈地走，一会儿像暮年的老人一会儿似少壮的青年。

夜空逐渐晴朗起来，星星眨巴着眼睛，散步到大礼堂。大礼堂是梁思成设计的，想起林徽因。

北方的手工素臊子面如大雨一样能挽留人心。饭后散步，逛以纯、逛校园，学生时代真是美好。

散步，会为我的创作开方便之门。

夜里看见月亮弯得像一把镰刀，背靠深蓝色的海，像几米，像童话里的你，忍住疲惫半夜笔耕。灵感往往都是这样来的。

于是亲爱的，在我入眠之前呼唤，愿你听见，将你的右手给我，穿越太平洋的星空放在夜的左边，泪洒在枕上湿透的心，请紧挨着，那遥远的眼睛。

夏天从上海的七月离别，七月太长，长过我一生的欢喜。

一碗北方人做的手工面，拉近思念故乡的距离。面，从小被父母根植在骨子里的食物，也是北方人特有的气质。无论走到哪里，都不会丧失一碗手工面条的韧劲和淳朴。然而酸奶，可化解一场身体内脏的尴尬。

将我的祝福挂在你的琴弦上，让歌声响得更灿烂。
——于意酒馆告别低苦艾乐队

一条电线，将月亮分成两半，一半是你，一半是我。

艺术是什么？艺术来自生活又超越生活，艺术也会把一个正常人变成疯疯癫癫的二傻子。如果这一切都是你愿意。

苦难是上帝给我们的礼物。

一场苦难之后，心又宽阔许多。

树叶，是从四季的怀里落下，落在夏天的肩上、胳膊和裙摆上。一个有雾的早晨，我轻轻将她拾起，夹在一本可爱的书中，看着她，静默不语。她让我闭上眼，自己却变成一朵雪花，在纸上舞蹈。

她拉起我的手，奔跑，去秋天的银杏林，经过草原，来到雪地，来到久违的秋天与冬天。

一扇门被打开，女人的高跟鞋声音清脆，将我从梦中的雪地惊醒。树叶不见了，雪花也没有了，失落地望着窗外，仍是炎热的夏天。高跟鞋的噪音是不喜悦的，远离这个喧闹的早晨，去寻找将要错过的秋天。

自从认识小芙，我就像气球一样被吹了起来，像去年秋天一样能吃。最近她生病，我也中暑，她回桂林休养，我该怎么办？我们一直是工作上的好搭档，从来都会一起商量，我策划她主笔，几乎每天进影院，看电影成了工作的必需，一起研究剧本一同剪片子，失去她就像失去一只手。一天不见已瘦得能将去年的仔裤穿在身上，或许四五天不见，就能穿起鱼尾裙了。说到底，生活中的搭档和工作中的伙伴一样重要，一个都不能少。

在北京漫山都是枣子，可以从早吃到晚，去上海似乎没吃够几斤水果，红烧肉遍地都是，以至于肠胃到现在还有问题。说到底吃素更适合自己的体质。南宁蔬菜比水果贵，生菜四块，香蕉、木瓜均一块五，去菜市场还可能遇见五毛一斤的，可以吃个够。

终于找到中暑的原因了，误把秋天当秋天。

有些人，是可以擦肩即逝的！

爷爷常说我出自名门，是个大家闺秀。以前不解，后来在流浪的途中才知道世间有很多种人遭遇着的苦难，我明白了爷爷所说的什么是出自名门和所谓的大家闺秀。如果不选择放弃安稳的生活亲自体验，或许永远不懂书里描述的苦难是何等的苦。后来我学会了珍惜和施舍，一如经上记载：你们白白地得来，也要白白地舍去，万物皆是神所造，没有一件是我们能带走的。也因着这般出走，理想中的流浪记也将要成型，这其中有花钱买来的教训，有花钱也买不到的纯粹的富有艺术价值的人生领悟。所以感恩遇见的每一位，让我领略到人生种种的可能，良善与卑微，而这一切都是宝贵的。谢谢我的生命里，你曾来过！

下午三点后背的太阳暖得让人出汗。快十一月了，我还穿着紫色圆点的无袖套裙，兰州已经接近零下，我的电影在零下三十六度的壶里翻腾。

《妙笔生花》。无意间看到的电影，忧而不伤。

一瞬间，我的文字轻如鸿毛。

电影里，有一幕烧水壶，烧开的水冲泡咖啡。看到自己，在那年的冬天，一壶又一壶的水，满屋子都是热气，壶被烧干——失忆的冬天。

一如这样的出走，遇见蟑螂遇见拉不动的行李和无助的黑夜，尤其在生病的时候，眼泪会崩塌在异乡的土地上。

很多人都希望我留下来，可我真正的职业是流浪呀！像使徒一样，走到地极。

如果我依偎着海浪，那就不用隔着人心，看见你只需要跨过一条海。近了，再近一点。

艺术家是水淋淋的浪子，不是浪子回头，是先有家，住腻了，浪出来。当然不能太早做浪子，要在哲学宗教里泡一泡，抖落一身繁华，这样浪出来，是超脱，是浪得高妙。听荔枝电台读先生木心。

以前是不懂圆通的，有一天不坚持固有，顺服了，转个弯，水自然流通，心也顺畅了。大喇嘛早就说过：执着本身就是错。

螺蛳粉

最终受了米粉的诱惑。昨晚加班写剧本，一气改完，冒雨去吃三品王的螺蛳粉。王导、小陈导，像是看透我的心思，盯着我加蒜泥花椒粉，肠子都在笑。夜里看消息收到扣除五险一金之后的薪水，瞪着这个数字笑，还不如十年前教钢琴挣得多。管它呢，为了写书体验生活总是要付出代价的。

次日晨，原本去买灭火茶，索性带一提越南西贡咖啡、榴梿酸奶和苏打饼干回来。苏打要芝士味的。东南亚的特产店丰富又划算。出门遇见昊颖，邀请一同进了粉店，再分她一半咖啡和酸奶。想必也会有人这样照顾我的妹妹们吧！

路边有十几家粉店，每一家有十几种，数算起来上百种。三品王的螺蛳粉尤其满意，干捞也不错，柔软，满嘴香气，总有吃不够的感觉。生活中有趣的事，吃是一种。生活简单而丰富，丰富而如意。

智慧是思维，道德是行为。

交朋友要与神与圣与天地同在，探讨或喜或怒。与人，无趣。

人，最难做到的是胜过自己，幸好有神助。有些时候，有神也不一定能胜得过，贪吃过后就是胃痛。

今日小雪，凌晨两点二十分醒来，看窗外既没有月亮也没有星星，更看不到雪，隔壁窗户开着灯，卷筒粉店也亮着。人生有各种不易，来这一遭总要辛苦些时候。后背凉，喝杯热茶，进被窝。

眉间一个痘，可以伪装美人痣。两个难看，再多，就更不好了。

路过小区，早晨是老人味，下午是孩子味。中央有湖，一只鹤缩在角落休息，另一只，仰天长啸。今日小雪，却穿着棉布绿花裙，热雪飘落，掉下来同样是水。

罗兰曾说：幸福是一种灵魂的香味。她说得巧妙，我表达得笨拙。说到底幸福就是一颗歌唱的心。

生病时嚷着要个家，那种有人照顾的家，病好了，继续恋慕孤家寡人的清淡。独立生活，何尝不是件上好的事。

冷到极致和热到至极，北京大雪纷飞，南宁热到中暑。拍摄第一天，编剧、制片、统筹、道具、化妆、外联、场地、监制一人承包，累趴下了。醒来寻思，原来我可以做这么多。

神说：来，卸下重担到我怀里安息。所以这才一无挂虑地胖起来。

古时候，有没有人像我一样是在橙子皮里读书的？我说文学是可爱的，是没有是非的。这自我放牧式的烛光，美的呦。心若明亮，行在黑暗里也是光明的。秉烛夜读。

好几天不吃咖啡也没那么想念。别以为世界少了你就停止不转，自作多情。

终于脱离苦海。所谓苦海就是大晚上各种广场舞各种商业活动各种唱跳，即使紧闭门窗也依然不胜烦扰。内心不得安宁的居所，趁早离开为好。尤其重低强烈的 DJ 声音，糟蹋别人的耳朵也是糟蹋音乐本身。索性搬家到西大对面紫荆花开满的园子里，求安静。

清心的人有福了。所谓清心寡欲，心是干净透澈的。无争论、无贪念、无一切污秽的心，便是有福。

想念一个人，就会用他对你的方式对待一切。

这个城市节奏慢，花香鸟语。习惯了北京上海的生活，就得刻意慢下来，然后，再慢一点。

水印寄来的很多衣物，在路上都是安慰。

十一月终于要来了，十一月的乌镇也应该是特别的美。将要远行，去见我心爱的人。

乌镇，2015 年立冬之后

11 月 15 日　西栅

从上海到乌镇，只需两站路的高铁，票价五十。一味南下是为了寻找我心所爱的、江南的水乡和才子。

傍晚时天已黑尽，桐乡有点凉，五块钱坐大巴到乌镇，心思一路颠簸。转车到西栅，遇见两位好心姑娘，不顺路也要送我到达。感谢这样的相遇。告别上海时的那两位姑娘端着炖好的汤，在地铁站一饮而尽，这种离别也是罕见的。

格外珍惜夜里西栅，安静的美，美得出奇。北方人无论如何是猜不到水乡的温柔，只有亲自来尝尝。

来东栅不为别的，只为木心，到乌镇也是因着美术馆的开幕。丹青的孝心让我们受益,《新约》会在展览中看见。

从西栅到东栅坐免费班车，到处洋溢着文化的味道。开车师傅也读书, 很欣慰。他告诉我木心故居的大概方位，说过谢谢，直奔而去。

路过先生提到的竹林，脚步放缓，在走过的石阶，寻找他。船只在桥下行走，桥上路人凑热闹的居多。问过三两人，终于在过桥右拐处接近了先生的故居，一条狭长的东大街，186 号，晚晴小筑。抱歉先生！让您久等了。站在对面的街上想象先生的影子曾在这里出现。
导游说，左边穷人家，右边大户人家，房屋的建设不一样，一边高一边矮，说完就走了。

没有预约所以推后参观，从 186 号到茅盾家，快则七八分钟。也罢, 走走这段特别的路, 其中有杂货铺有织布坊,经过一座桥，木雕馆对面是连环画书店，巷子走到底右拐再左拐，是茅盾故居，现已是立志书院。要真实走一走才能读懂《林家铺子》。茅盾十岁丧父，母亲独自抚养，院子里有枫叶，有茅盾亲植的南天竹。木心小时常来借书。待到差不多时间，跟着先生的脚步原路返回。光顾了林家铺子，花生糖是喜欢的，梅菜油笋也是能解馋的。

先生一九二七年生，九岁离开乌镇，十岁在绍兴，十二岁去了嘉兴，十六岁乌镇、嘉兴，十七岁杭州，十九岁至二十一岁在上海美专，二十二岁在台湾，之后在杭州温州莫干山，二十五岁上海，三十岁上海第二看守所，之后在过美术模型厂、广告公司、静安分局，地毯厂绣品厂。五十三岁还在劳改，五十七岁工艺美术协会。这样看来是先生是受够了在中国的屈辱，于一九八二年八月下旬离开，恰好，我刚刚出生。

先生年轻时候读《左氏春秋》《东周列国志》《三国演义》《西游记》《西厢记》《聊斋志异》《老残游记》《浮生六记》等，书老旧仍完整。三年前，《浮生六记》被我珍爱过一整个冬天。

盯着先生的眼睛。他说：生在任何时代我都是痛苦的，所以不要怪时代，也不要怪我。

是呀，一切被原谅了，一切也就都被原谅。

卧东怀西之堂，木心。
在一块漂亮的木头上。

先生又说：华严深灵，变幻莫测，分不清何为必然何为偶然，何为表象何为乐观，只觉得凛然，萧然，翩然，陶然，盎然，嫣然……这是什么呢，这个精神世界是达·芬奇、梵乐希、西贝柳斯踪迹依稀的幽谷，是王维、倪瓒、朱耷透露过消息的清肃酝之乡。他的广度深度是不可方物的，尤不可思议者是它的密度。

先生有自己独立的世界，独立的品格与独立的艺术表达。某些时候，像极了对方，但又遥不可及。

他说：我的悲伤往往是由于那些与我无关的事件迫使我思考。思考的结果，我与那些事件仍然无关。唯此悲伤，算是和那些事情有过接触了。

先生生前收藏的钢琴协奏曲乐谱集已泛黄，《辞海》也接近旧黄，有巴赫，幻想曲，旁边白色蜡烛长且洁净。先生读《史记》《欧洲文学》《印度哲学》《英国文学史纲》《一间自己的屋子》《情感教育》《小对象》《还乡》《安徒生》《浮士德》《拜伦》《福楼拜短篇小说集》《西班牙文学》《红与黑》《马雅可夫斯基传》《特蒙格哀》《神曲：地狱》《鲁拜集》《柏拉图对话集六种》《老子正话》《诗经集注》《论语集释》《新约全书》。包里也时常背着《新约》，用一块碎花粉布包裹着。

先生说：像对书一样地对待人，像对待人一样地对待书。应该学习的事，爱书时胜过爱人，爱人时胜过爱书，要持有平等心。

他说：艺术是无对象的慈悲，然而这一群群的读者正是我艺术的对象。

《梦中赛马》有苦楚，《眉目》末了说：静等那足够我爱的人物的到来。喜欢这个结尾。

与先生合影，告别。

出门财神湾，吃一碗乌镇羊肉面，久不吃肉已吃不出肉味。桌子老旧，大约先生也在过这里。

拥有他，失去他，这忧而不伤的一刻，再次回到竹林已是午时。

我爱先生，是众所周知的事。先生爱不爱我，迟早会被众所周知的。

11 月 16 日　东栅

夜里下过雨的乌镇，柔软，美丽。

今天再见先生，不会有太多奢望。

平平静静地合上，把心。

先生幽默，我也幽默地笑了。

先生的画，宏伟壮观、稀奇古怪，在画中什么都有。

先生喜欢山川大地，也喜欢弯月晴空。

在岩石中看见一只大鱼，树梢有一只松鼠。

窗外湖上一只被雕刻的船，裸露的身体穿着一层薄雾，戴红色帽子的人，在树下弯着腰。

先生在狱中的字迹甚小，一个清瘦的美男子被愚昧纠缠。

大剧院与美术馆之间隔着一条河，十五只船站在水中，温柔敦厚地看着，是个阴天，雨从何而来。

有些人的鼻子，一看就是个能干的，木心是，尼采也是。

有一天，我把皱起的眉头比作尼采。

“我与尼采的关系，像庄周与蝴蝶的关系。他是我精神上的情人。”
我有很多情人，只忠爱一位。

写作是一件享受又快乐的事，在灯光环绕中写，有温暖。

在十一月美术馆的洗手间与自己合影，留念。

图书馆要脱鞋子。美术馆内温度低，好在桃心藏蓝色丝袜里穿了粉色棉袜，还是凉。除去《温莎墓园日记》没收藏，其他都有，只是散落各地。拿起就读，周围的人在里面拍照，各种拍，误把图书馆当摄影馆。咔嚓声，打扰声，说话声。我心平气和，暗自怒，又翻过一页。正午没有阳光，倒是下起雨，冷，饿。走下一层更冷，手脚凉，寻一些热量，在先生的怀里。

林风眠先生的作品倒是要看看的。

尼采与木心，林风眠与木心，木心与我。
木心说林风眠的画曾恩惠过他，同样，木心的文字给我恩惠，尼采是我们共同的恩惠者。

大约三小时，身体的热量全被吸走，有点弱弱的摇摆，先出去走走。说声抱歉，还会再回来。

楼上有温度，不过山不去了，小雨变中雨，雨把我留在先生身边。可惜先生不能帮我做午餐。
没有午餐没有伞，精神的粮袋也要萎缩吗?

雨把我留在先生旁边，那，不走了。
小雨变中雨，是雨中变奏曲。

上帝是垂听祷告的一位，于是站在桥上吃掉一根金黄的玉米。穿过水上集市遇见一家面包坊，法式长棍二十五元，一块披萨才八元，葡萄十元和面包配搭，午饭解决了，还能坐在落地窗前看雨和雨伞一同从我眼前走过。

四年前的今天，先生离开我们，留下一些温暖。

来乌镇，来看看先生吧！我是的的确确受了先生的恩惠，若你也喜欢。

在面包坊，服务员说中午免费看木心展览，她们哪能看得懂呀！不过我宁愿做她们，在这里，时常能闻见先生，我不是嫉妒，我只有羡慕的份儿。

人家有伞，我有屋檐。
有面包和刚从枝上摘下来的葡萄。
福楼拜是可爱的，盘子里的面包也是可爱的。

我倚着扶手写，写着吃面包，后来端坐着扒葡萄的外衣，一帮新加坡来的学生吃完蛋糕被老师带走了。

剩下自己和蛋糕，恢复了安静。

认真吃葡萄，像剥瓜子，路人当我是景，拍，我微笑。

腼腆的人，脸上总能泛起一阵红。

雨停了，该去一些陌生的地方。

水上一层薄雾，吃海苔，跟吃雾一样。

走进木心年少读书的地方，雅致。光绪年鉴，古朴陈旧，和书在一起，雨在一把太师椅后滴答响，像一首圆舞曲。若是回到这里读书，那实在愿意，妙哉美哉之年，要回府挣好了买面包的银子，再来。

“文学上的人真有味，生活中的人极乏味。这样不好，不这样就更不好。”“‘悲哀’，不是痛苦欲绝，‘贫穷’，并非衣食住行发生致命的磨难。”谁更近乎自然？《素履之往》。

困了，昨夜晚睡，还惦记一口臭豆腐，绍兴的嘛！

出门左边有家羊肉馆，从前在这里就读的书生常来光顾。出门右手知新客栈有鸡蛋饼，五块一张，比海苔划算。蘸酱有甜有辣，都好吃，吃完还想。止住，继续走。

在前屋檐下挂满火红的辣椒，梅菜烧饼，酒吧有歌手。走累了，歌声让我停下来，在河边，他看不到我，我却听得见。

我是个认真刷牙却不认真洗脸的人，所以牙齿比脸白，在青旅的洗手间对着镜子自言。
青旅是一直渴望住的地方，终于得逞，连续三天，遇见十几位姊妹，所以，我们都来了。

读书，是为了精神上得饱足。吃饱了，就去散步。

腿走累了，爬上床准备眯觉，晓萍姊妹来电说已在西栅。急忙拾掇整齐往老街方向。他们一路走我一路赶，等我找到所在的地址他们已登船准备离开。我在岸上挥手，他们已在水中。摆渡的师傅告诉我沿着竹板路很快能到彼岸。一路奔跑,疲倦洒在竹子和波光的湖面。从小好强,定会赶在他们上岸前先到,即便洒一身汗。果真,等他们上岸。

11 月 17 日

早晨在雨后开始了自己的一天。豆腐花配油条,极好。
离别,对人对物都存有隐隐的难过。
向先生道别,向薄雾道别。

桐乡汽车站有绍兴臭豆腐,味蕾的圆满也能使人愉快一阵子。

一个午觉的时间,已到杭州。将醒未醒,见窗外一片湖水,迟钝间醒悟,怎会有这种事?飞机停在湖上,难不成西湖搬家?自嘲一番,坐在窗户边看海。

此时,正渴望一杯果汁。六十八一杯,罢了。

想想南宁的好，好在轻而易举能吃到的果子，挂在树上犹如挂在嘴边和耳旁。

航班延误是时常有的，味千拉面在机场相对不算贵，其实肚子一点没空位，找一种意念中的感觉罢了，希望吃得愉快。一刻钟后，吃饱了也吃累了，倒像是为了纪念某些痛恨过的人而吃。

候机室，一边读书，一边寻思先生的话，每一句都刻在心上，记挂的、上心的。到底，谁是谁的心上人？

花 开 的 声 音

外面再简单一点，里面更丰富一些，生活有趣，有趣的是这样的生活。

我和你之间，隔着一扇窗的距离。枫叶会到期，秋天会到期，时光也会到期，唯有爱，是遥遥无期的。

如果最后是你，晚一点也没关系。看到这样的句子，像是看到安慰，如果是你。

等待，亦是一种唯美的陪伴。
等你，在离开之前，是你知道的事。

秋天里，你珍爱什么样的风衣呢?

风从后背吹过，在漆黑的夜里，我却感觉不到你。

一杯咖啡晃荡在手心，与月亮同在，与星星同在，与你同在。

早晨五点半，从温暖的被窝醒来，从奇怪的梦里醒来，趴在以前的窗口，月亮被你带走，星星也走了，天是蓝色的。卖越南卷粉的女人，灯亮着。

一个下了大雪一场的人，在一盏光中找到自己。

阳光爬起来，云朵也出来了。一个金色的沙滩，一把尤克里里坐着，看可爱的海。

拾回两朵紫荆花，养在床头柜上的盘子里，水一半，烛一半，一宿过后，有花开的声音。

念先生，念众生，念我和先生在一起时的自己。

离开北方，已是第二年冬天。想象中，南方如春，如笋，常复兴不败，到底是想象出来的。咖啡沸腾，只为取暖。

天气像过山车，人亦不定性，唯书是忠诚。

南宁的十一月底是突然变冷的，措手不及的寒冷让人来不及更换衣物。

好多书没来得及读透，就已匆匆道别，只几百天不见，却想念得要命，思念书、思念人、思念季节、思念所思念的，这在宇宙中发出一种奇特的共鸣，情感也好惆怅也罢，终归是更加珍惜了。

早些年衣物买来送人，后来买书，一旦遇见喜欢的就会重复买很多本送给喜欢的人。《文学回忆录》送出好多本，一是分享，二是为纪念作者。后来衣服多得衣柜放不下，书多得书柜摆不下，生活被溢满，终于把自己也一同溢了出来，放弃所有缠累，独自去发现新的生活。如今什么都不买，即便十年，也是够用的。然而久别北京，念及甚多。

对别人慷慨，对自己勤俭，这是一等人。

和摄影师在一起我就是个唱歌的，和音乐家在一起我是个拍照的，和文学家在一起我是洗耳恭听的，哪里都有我，哪里又都没有我。做愉快的局外人。

他说一直歌唱不好吗？为什么走作家这条路？我慢慢地告诉他：自从拥有孤独，就喜欢上和自己讲话。

歌唱不能表达自己时我选择文字，文字不能表达自己时我选择画画，艺术常常给我们新的出路。

你是我的灵魂哟，是我的父，我爱你神性的气质爱你仁慈的眉目，爱你三千里的遥远爱你数不尽的怜悯。

生活不可偷懒，艺术更不可嫌麻烦。

别人用两百的酬劳安稳现状，我用五百安慰人心，怪不得。

生活快乐的人容易幸福，工作亦是，一味计较玛门就会忽略作品，艺术家大多都是这种品质，凡事都像快乐者一样喜欢奉献，玛门就霸占不了灵魂，为此他会成为世上少有的纯净。玛门是什么？就是金钱嘛！

周全不了世界

南宁花香鸟语，常被一棵紫荆花环绕着醒来。

生活中，有人说你好，有人说你不好，这都没有太大关系，也影响不了什么。正如你疲惫了，看别人，也都是疲惫的。

最近胃口好得出奇，一如早晨的步子。醒来在一个陌生的城市，一切都是新的，这何尝不是一件好事呢？

省里来巡查，看完简历，扑哧笑出声。其实，我只是一个路人而已，路过音乐、文学、艺术，路过很多人的生活和作品。

醒来在一个清冷的早晨，在北方，有我的亲人。大雪纷飞的夜，总是牵挂。

回到童年的好处是可以得到糖果、快乐和五颜六色的梦，反之要背起沉甸甸的书包按时上学去，显然老师是要检查作业的。

半生遇人多矣，遇花草树木多矣，再往后，小草会长成一棵树吗？或许是，健康就好。

只有必然，才能沉重；拥有沉重，便有价值。

“人们忽视自己的身体，是极容易受其报复的。”这是昆德拉说的，我用自己的生活验证这一切。

昨天看到头戴帽子面戴口罩墨镜的家伙把自己武装得安全极了，如果在旷野的这三年我也如此保护自己，就不至于像现在满脸痕迹。不过，有了痕迹才能一目了然，温室和旷野都存在过的生命，想想，是比以往丰富多了。

终于，在一个温暖的被窝醒来。没有恐慌，没有厌倦。盼望着经过那片湖和紫荆花垂落的窗台。

先生说自从喜欢上一个人, 其他人在眼中就失去了颜色。正如腊肉炒笋的上场，让一桌佳肴瞬间变得暗淡无光，像我爱的那个人。

翠竹来信：莉莉你窗外的紫荆树被砍去一大块。正在河池采景，瞬间失落到低谷，我是因着那棵树上开满的繁花才搬过去的呀！如今坐在窗前再也碰不到了。
想起木心曾在纽约皇后区杰克逊高地住处的爬山虎被房东连根拔掉时的沮丧。
他急忙告诉丹青：这是强暴啊！
心疼先生，这是精神上极大的摧残。

心如春水，了如梦。

新年到了，展望未来，也要缅怀过去对我们的好！

喝了一碗酒酿，醉了一刻钟，醒了一晚上。原来，不做女汉子很多年。人类进化得快，我喜欢在原始状态里细嚼慢咽。

生活中，我们常常忘记这个忽略那个，人的渺小，实在周全不了世界。

在明察秋毫的岁月里做了两个梦，一个是白天，一个是夜晚。
会眨眼的星星勾起我写诗的欲望，但你是知道的，如今的我更喜欢散文和俳句。

人非圣贤，却可以努力成为圣贤。

梦说已经回家

二十号缺勤，有意为之。厌烦了每天打卡，给自己留出一点时间，和自己谈谈。聊文学和生活，一觉醒来开始怀疑自己和文学的关系、自己和自己的关系，回忆生活与诗歌，索性停下来，不走了。读艺术史、电影史、意象主义。仍旧保持达达的个性，不是造作，是纯粹和自然。

下完雨，出门散步，有雾，见到人是新的，菜市场的萝卜青椒也都是新的，于是在柴米油盐中碰到自己。回来了，回来就好。

大寒过后，天气更冷，望着窗外的湖面和小镇，想象一片雪白。存在或荒诞，现实或表现，醒来或梦中，都会过去的。

诗人秦巴子将启程回西安，圆桌上熬着油茶，荣斌再次说虚无主义，时有批判。意思是理想要和现实结合起来，并且要结合得好，结合得妙。

艺术是伟大的，更伟大的，是人性的艺术。

什么是个人主义，什么是整体主义？你们要彼此相爱才是。

如果你厌倦了生活，就走出去看看，世界并非你想象的样子。

周末实在可爱，可关掉闹钟，关掉匆忙与烦琐。

史上最冷的一天。重庆下雪、上海下雪，南宁无雪却胜似有雪。阴冷，鼓足勇气爬出被窝。
面里煮鸡蛋紫菜青菜，出锅加盐咖喱花生酱豆腐乳香醋，说不上好吃，但足以温暖身子，为此 sugar（翠竹的小狗泰迪）也能跟着沾光。一个人的生活随意，有时可以含糊过去的，会想念家里的饭菜，但蹲在家里不一定能吃到理想的果子。

读书会让时间缩短，让生命鲜活，前提是选择一本好书。

《功夫熊猫》里师父告诉熊猫要做在自己看来所不能及的事，这样可以扩大自己，不然将永远成为井底之蛙。师父是对的。

大礼堂门口，第一百零八次诉说年轻时的爱情，也因着忠于一人而成全未来。倾听者小芙也。

八点不到菜市门已紧闭，又一次买不到魔芋豆腐，带一块面包回来。在院子里散步，从心里对一些人诚恳地道歉，紫荆桂花都在。上楼，写剧本。

诗人心樵说保姆回家过年了，早上洗碗、中午洗碗、晚上洗碗，今天洗碗、明天洗碗、后天还洗碗。苍天啊大地啊，今生今世到处都是碗。

把自己的喜悦藏起来，放在心中。

小钟的声音在寒冬里像一杯温暖的咖啡，体贴人，前提是懂咖啡才能得见。因着小钟认识蒋明，认识《罔极寺》，相遇是件极美妙的事。

先生朱光潜在余生最后一本作品《谈美书简》中说道：世间并没有天生自在、俯拾即是的美，凡是美都要经过心灵的创造。
美感的世界纯粹是意象世界，超乎利害关系而独立。伟大的事业都出于宏远的眼界和豁达的胸襟。做一个独立的读书人，实在荣幸。

从古典主义出发，经过浪漫、达达，落在超现实主义身上。超现实主义源于达达，旨意为：改变世界、消除战争和疾病，让自由、原始的爱以及内心的自发萌动和梦境来诠释永恒。
没错，这像是给自己的使命。

离家三年，一个人行走。归来时，痛饮一杯岁月酿的酒，是理想改造现实。

弟妹来信说：除了写作也要对自己好一点。我说：打扮很浪费时间，生活朴素一点的好。

梦说已经回家，醒来却还在流浪。

生活常常从梦开始，梦的启示带领我前行，真想晚上请梦吃块披萨。

一个人的爱有限，爱不过来，有点累。就像他说：中国的穷人太多，你以为你是救世主？就凭你帮不过来的。是，大楼停电，爬了十八楼差一点晕过去，就这，还想拯救世界？

你要找女朋友，我就捣乱，不是因为我爱你，而是因为我实在爱你的妻子。
对于那些第三者，不论男女，都让人厌烦至极。
一如经上说：婚姻，人人都当尊重，床也不可污秽，因为苟合行淫的人，神必要审判。

大雾散去，我也开始晴朗。

人不可辜负生活的教养，更不能辜负艺术的教养。

生活简单，简单的生活。

喜欢腊肉，饱含人间烟火，能咀嚼出岁月的味道。

偶然也是必然的一种

早晨有雨。南方雨水饱足，万物丰满地生长着。口语诗人们已回各地，造下垃圾果皮大堆，毕竟诗人不是圣人。

窗外云呈乌色，逐渐往下移，要塌下来似的。远处山头有雾，在乌云还未降落的山头，有一条白色的线。天是白色，云朵发青，湖边小镇倒映出的影子发着光。小镇一直安静从未有人。盯着水面，仿佛在莱茵湖。想象在莱茵湖的一切。

立春第二天。近几天情绪低落得很，好像每个月总避免不了要承担一种莫名的忧伤。

所有发生都属必然，哪里有偶然？偶然也是必然的一种。

凡世界事大抵都是相对的，就像那面大玻璃，光把一切反射回来，人还是要多看看镜子里的自己才好。

心大得了得，总想拯救世界，你以为你是谁？这是别人的挖苦和嘲笑，所以胃里总是苦水，也痛得很。

南方的冬天不好过，眼看外面枝叶繁茂，误以为是夏天，可实际冷得出奇。愿意将各种水果煮着吃，热乎乎亦能喝到汤汁，加些蜜或冰糖都好。在上海的初夏，长时间不按自己的食谱进餐，也因着南北差异甚远，胃承受不起各种摧残终于发出警报。逆来顺受，有的时候真受不起。

昨天穿藏青色印花长袍。刻意选的颜色，心想能使人理性一些，果真有用。楚洋说我像《黄金时代》里的萧红，汤唯扮演的。用三个时辰看完影片。印象深刻的一幕是他站在火车的窗口看着外面的黄土说："北方，是悲哀的。"莫不知，南方的冬天也是悲哀呀！

一只小虫子朝我走来，想用纸巾送它去窗外，不小心纸巾和虫子一起下去了。
夕阳西下，终于出了太阳，顺路买些青菜萝卜豆苗回来。

楼下桂花散发着迷人的香味，菜市场热闹，我也凑热闹，要食人间烟火。
煮菜真是件可爱却又浪费时间的事情，洗煮吃收拾总得花去一个钟头，一日得三餐。

夜里梦见远在美国的弟兄，梦见坐在云端画耶稣，梦见给一个扮演耶稣的男子小心翼翼地剃胡子，男子瘦而硬朗。这一生啊！尤其爱做梦，无所不能、无奇不有，周游列国，吃遍天下，醒来在这一年除夕的早晨，阳光洒满树叶，花正红，独自一人习经闻法，是老天赐予的恩惠。实在是好得不得了！感谢赞美所拥有的时光。

风温柔地吹过来，不觉得冷，更体会不到新年的味道。

月呈芽状，在屋顶，像童话里。

一盏灯中，湖面被条线隔开，一面波光粼粼，一面平静不语。我望着它们，也不语。

这是一个充满慈悲的季节。

随时间走，走累了就停下来歇脚。
路旁芭蕉、棕榈摇晃着身子。
散步中想象的剧情，独自笑，被椅子上的路人瞧见。
想到你很好，或很不好。总希望你好！

星星连成串，是北斗星吗？或许是，十字街头，风又大了一级。

一个不愿意凑合的人，除非心甘情愿，不然照样会一次次出走。这个性，从小就有的。

走了大半个中国，突然有一天，走累了，连行李都懒得收拾。

对于一棵树来说，叶子是肤浅的，长在高处，易伸展也易枯萎，风一吹，就开始左摇右摆。

天地之大，怎敢狭小。

被误解时，你自己不要讲出来。

桌面整洁，花翠绿，书两打。清晨有雨，烟雾朦胧，桥上车来车往，小镇依然安静，水静止不动。
理想的早晨，有雨真好！

三月里的四月花

鸟，是自由的，吃着大自然赐予的食物。

鸡，是不自由的，但不必为觅食而苦恼。

多年后，鸟，回归大自然的怀抱；鸡，则进了人的肚子。

慈悲的生活教会我爱，爱自己、爱旁人、爱万事万物。

一个充满慈悲的季节

一个季节的慈悲

一个慈悲的季节

你若对生活一心一意，生活也绝不会对你三心二意。

以往的衣服穿在如今的身上总觉得窄小，不见得长高，胖了一捻捻而已，是游走久了，心里装的人多了吧！归根结底：是心，变胖了。

梦里见到韩警官将我红色的羊毛围巾穿在自己身上，裤子也是配套的红花，远远站在新世界门口，不语。

一次善意的出走，而孤独，却是一场美的历程。

盘腿坐在树下，一言不发，一片紫色花瓣飘下来落在肩上。

深夜是美好的，尤其细雨淅沥、正值春天。
灯开了半宿，常常是猝不及防睡去时的疲累。
拖着世间的包袱，以及自己的包袱。

对面三楼阳台的鸡叫了，已是五点零八分，雨还在下，雨势不小。
看完理想国症弦的纪录片。他那么爱桥，真让人羡慕。
要把自己活成新的，是件不容易的事。要提防旧的记忆出来搞怪，饮食是，情感亦是。

穿着芭蕾跳伦巴，夏天是一下子到来的。
去南职教课的路上，风和日丽。
南职的孩子们尤其懂事，编剧课，编织着人们的心性与生活。

水和天是一个色，水面平整，没有风。树不动、桥不动、小镇不动，我不动，唯有鸟和车忙碌着。雨，悄悄地下，向南，在窗外。玻璃隔着我和雨，爱人站在码头，船不动。

伤心了，心伤了。不说出来，不强颜欢笑，自我消化。

生活中种种的不如意是常态，哪有完美的生活，哪有完美的人，对自己都不满意。
转过身，听杨然读《文学回忆录》，唯阳光与文学更惹人爱。

“你的善良必须要有锋芒”。果然有分量，要走出愚昧的良善。

回到大学课堂，观察之必要，《音乐之声》之必要，《一轮明月》之必要。

释迦是伟大的理想主义者，耶稣也是，我爱他们，你们不要嫉妒。

行为艺术之必要，坚持行为之必要。

人一旦有了人的样子，做什么都像样子。

爱，原来是一场自我教育。这是先生木心讲过的话，现在讲给自己听。

三个月，命运的又一个历程，耶稣三十年，摩西三十年又三十年，三三得九, 九九八十一难，取得真经哪能那么容易？不吃苦，不能行。

诗篇、雅歌、箴言、传道书，都是古代世界文学的珍品。若不信、读读看。

三月最后一天。大雾。
醒来在早晨六点的大树下，鸟在叫。

我的爱情肥如马

好一个清明时节雨纷纷，南方花甜瓜果香呀！

读书，可缓解人性的愚痴、笨拙、狡猾。

多在文字里游走，心性自然会谦卑下来。

春天像个大姑娘的恋爱史，枝繁叶茂。

北方的八月。那水汪汪的眼睛，失而复得、欣喜若狂。

四月，万物苏醒，我也从记忆的泥土中醒来。

很多年，一直在寻找能治愈莫名发火的症状，多少年过去了，原来心有所属是很好的偏方呀！

一个人走一万里地，苦啊！还有十万里路要行，结伴同行吗？走文学的路、走音乐的路、走艺术的路、走世界的路。

试想爱情如四季，春夏秋冬。如情绪，喜怒哀乐。一生中有多少个春夏秋冬、喜怒哀乐？世间没有容易的事，总要悲欣交集地过。

一个人去图书馆、一个人读书、一个人逛菜场、一个人吃饭、一个人恋爱、一个人失恋、一个人散步、一个人捡起一朵粉色的花朵，一个人作画、一个人默不出声、一个人的下午、一个人的春天、一个人的文学、一个人的音乐、一个人的一生，温柔安静。

清明节休息三日，第一日去民大上课，给同学们欣赏音乐剧《巴黎圣母院》。第二日开展工作陪省里领导去美丽的南方考察，动漫园要开动，考察是必要的。第三日终于可以独自享受，树在、鸟在、画笔白纸在、文学在、音乐在，北方的人大概也在。

天一下子会热起来，一周之内可体验四个季节，如一只猫的性格，稀奇古怪。

作画会使人理性很多，一整天都陷在思念里哪能行，自我编造荒诞的剧情，任何事都要有节制，对文学、对音乐。

一如画画，留白处，才是最不好把握的。

失而复得，得而又失，所谓因果，所谓轮回。

我爱这座城，这座城也爱我，像我爱她一样的纯粹和简单。

将十年前在亚欧买的玫红色条绒裤穿在身上，走在科园大道、紫荆树旁，风一来、花瓣落，从前的都随之回来了。

那些丢失已久的，无意中找回来，可喜可贺。

似乎这样已经很好。

满足到一整天不吃饭也不觉得饿，有意思。

于是走路会慢一点，吃东西会注意一点，会早睡早起，走在路上会傻傻地冲陌生人笑，欢快地买一大包点心分给那些真正流浪的人，身边一切不美好的事物都随之变得美好起来，月亮安静地看着，树在笑。

精神上的恋人，如果能成为现实中的爱人，或许生活就算圆满了吧！

“爱着我的小伙子呀，不爱唱歌的姑娘哟。”宋冬野的《连衣裙》、马頔的《傲寒》、刘堃的《小树树》、钟立风的《澜沧江》、田华的《安放》，他们唱着自己的爱情。你的爱情在哪里？若不说，我便认为是在花草树木里。

在期待中读你，是心头的温暖，是夜里的梦，是高山之巅，是黄河奔流，是艺术来源的灵感，是远在北方的骨肉。

生活中有你，艺术中有你，你与我同为一体。

油然而生的情愫戛然而止，像风，爽快地来，陡峭地走。

遇见诗人碎岁，他问我：笔名叫达达·尚？我说是（前些天曹谁也说这个名字有意思，还达达点尚，他笑。至于这个名字的来历是早年间艺术理论中得来的，一是渴望自由，所谓达达是像马蹄一样自由地奔跑，二是敬畏品德高尚的人。至于杜尚、塞尚与达达尚，以后慢慢说）。愿意你好，愿意你们都好。

她说了一堆关于未来的话题。我说：姑娘请不要再为住什么样的房子开什么样的车子而发愁，那些都不重要，根本的问题是：你需要好好思考一下，你们之间到底有没有爱情这回事。

无对象的慈悲

四月十谷粥

四月满大街夏天，散步之必要。

经过西大，党公十谷粥之必要。

文具店之必要，选画笔之必要。

星月高挂，艺术理论之必要。

修养之必要，艺术批评之必要。

起源、思潮、鉴赏本质等之必要。

盘腿之必要，音乐牛奶花生之必要。

烛台之必要，温柔安静的心之必要。

吸收养分之必要，分享养分也之必要。

截句、俳句、短句、长句常来我梦里聚会，理所应当献上茶水。

常常将自己置身在外，做旁观者，是局外人。

你说我不食人间烟火，我说我是天外来客。

娑婆世界，天外来者。

导演黑泽明《梦》的画面构思出来的颜色尤其出彩。
绿草原与橘红色旗袍，一匹棕色骏马、漫天飞舞大紫大绿的凤凰，这是我从前的梦，一直想放进电影画面中。

转换文学的方式有很多，电影是一种。
唯不可少的是音乐。

在耶鲁与电影之间做斗争，斗争累了，自我放空。

一首首出自兰州的民谣将我离乡的愁绪千丝万缕地扯进奔流不息的黄河与荒芜大漠的戈壁滩。生在那里，长在那里，西北人的豪爽，手抓羊肉的清白，红油飘香的牛肉面，千层红花的油锅盔，天水呱呱，妈妈做的臊子、浆水面，粗杠子压出来的杠子面，在大清早喋一碗下肚，再喝一碗面汤，仿佛能舒坦一辈子。油馍麻烧饼猪油饼子吃了很多年，面皮麻辣粉羊肉串肉夹馍水煎包都是平日能解馋的。容易满足，如南方人嗦完粉抹一把嘴离去时的爽快。而我这北方人的胃，游走四方还未尝遍天下就已承担不起了。在南方，吃什么都上火，嘴巴苦苦的，尤其胃绞痛的时候，真想飞回去吃一口出自北方人之手的饼和面。一次次出走，一次次尝试新的，终于疲惫了，“自己疲惫,看什么都是疲惫”。将自己裹在张玮玮的《米店》里，“一手拿着苹果，一手拿着命运”。

想念兰州，离开后才深知这份爱的重量，为此走了很远很远的路，吞下一碗牛大，带一份擀面皮回来，管他属不属热气，管他胃接不接受，吃下这碗乡愁。这种豪情是对家乡的怀念与童年的印记。吃完挺起身子打开臂膀，在瑜伽中舒展自己的哀伤。天在、地在、祖国在，不论身在何处都是我的家。

一次次与陌生城市相遇，然而陌生时的熟悉与熟悉后的陌生，这使人感到前所未有的恐慌。该将这莫名的恐慌藏起来，以免吓着周围无辜的人。有些话不说，可以写出来，给你读。

安逸使人堕落，奋斗使人勤恳。
从前的人勤勤恳恳，现在的人不好讲，讲不好就不勤恳了。

花，自然地落，又自然地开。
以前吃什么都没有问题，现在吃什么都有问题。人不矫情，胃矫情。

老爸说你买一部市面上好点的手机，我说人家赶时髦，我倒觉得不赶时髦才是眼下最时髦的事。殊不知，离家出走后的女儿已今非昔比。从前的人见到现在的我，总会感到点滴的欢欣吧！

4.95 美元的布鞋穿在身上看起来真时髦。水印买东西也喜欢一款两色，或黑或蓝或者白。友谊是无价的，想念她。

音乐鉴赏课，给同学们听民谣听低苦艾的《小树树》《小花花》，教室安静，再来一首《那只船》就闹了起来。

音乐是有灵性的，不要小看不要以为与你无关紧要的事情就不去在乎，尊重这个世界，就是尊重自己。

谁的青春不迷茫，有迷茫才要觉悟。

有理想固然好，要等到对的时间，不要急，不要盲目跟风，日积月累，厚积而薄发。

一个女人信任你嫁给你，若不能时刻陪伴照顾左右为她解忧，就该问候她担心她全心爱着她，不要让她因你而忧心忡忡，这是男人最起码的良知与本分。我再说：你们要彼此相爱。

沉睡一宿的参天大树晨起散发着古老迷人的清香，从枝芽、深根，从它身体的每一个角落，弥漫在心头，浓郁的大自然气息，亦如站在海边被浪一次次亲吻着双脚，温暖亲切。深爱这样的早晨，深深地呼吸大自然的甘甜。

空气里有杜鹃、三角梅、洋紫荆，有淡淡的奶油味，万物皆有时，万物皆美好。

我像回自己家一样，顺手在院子门口买了茄子青椒，上楼参加有娟的婚礼。

于是唱着：

将我放在你的心上如印记，

将我带在你手臂上如戳记。

翻照片看到乐队演出时的合影，给音乐监制小苏看：和山人乐队小不点，低苦艾刘堃、莫西子，车撵坡，在麻雀瓦舍、草莓音乐节、大漠音乐节的演出。很多过去了的青春和流逝的年华。怀旧也是一种别样的疼痛，在清华园在北师大在音乐学院，小苏说快回到以前去吧！看看现在的你，好颓废。我说不是这样理解的，现在不刻意、不做作、纯天然，去教室穿布鞋上课都会很自信。想起有一年初春的早晨在师大的校园，一位老教授穿布鞋骑陈旧的白行车，可是学问满满，这样不外露的人生是不得不羡慕的。

清早醒来，想象着，你是怎样一个你呢？

不管你是怎样，都愿意努力去实现，哪怕长途跋涉。

你的爱情瘦如牛

暮色中，山，变成深绿色。

一条石头砌成的小路通向山顶，一条白色水泥路伸向远方，一条正在行驶的高速公路宽阔平坦，车轮飞快。纯白色的屋子低而矮，没有人烟，两个正方形窗户一扇门。这座屋子曾在我的画中出现，门前有树，没有河流，屋顶有很多瓦片。红色的太阳即将全部落下山，我看着山和天一起变黑，雾气浓重，天边残留着一点余晖。

灯亮黄，经过第三十个隧道。听完一首曲子，看窗外，一片漆黑，玻璃上一只手。

我的爱情肥如马，你的爱情瘦如牛。

我看见插秧的人赤足在田里顶着烈日，你却将一碗花白的米粒丢在饭桌上弃之不管。

你说好山好水好寂寞，我说有山有水哪来的寂寞。

终于找到世界上最快乐的工作方式：手牵绳，与牛儿走在山坡上。

长途跋涉，只为来见你。

愿爱我的你生活美满，愿自己一生素净。

万物皆有时，将一切还回去，让它自然生长。

五点一刻，雷声不断，从梦里醒来再也回不去。空无一人的房子，没有一丝悲伤。喃喃念着，应无所住而生其心。
五点二十五分，白色闪电划过窗户，张牙舞爪。
五点四十七分，靠近困意。

出品人要求利益最大化，制片人渴望艺术本质，没有冲突是不可能的。商人与艺术家永远隔着一座桥，彼岸相望。

正如诗人兰德说：我和谁都不争，和谁争我都不屑；我爱大自然，其次是艺术；我双手烤着，生命之火取暖；火萎了，我也准备走了。

渴 望 七 月

我将时间压缩成一片苏打饼干，放在床头，希望伸手摸得到远方的牵挂。饼干里有葡萄与嫩叶，有岁月酿成的酒，将它们揉在一起放在有阳光的山顶，放在有海滩的画中，放在牧羊人的手心，放在彼此心中最重要的田地里。

光透过窗帘洒在地上，今晚的月亮好圆，好亮，好迷人。

在海口遇见的朱红色皮鞋，发霉了。
在上地采购的紫红色皮鞋也发霉了。
在 798 相识的纯紫色皮包也发霉了。
冬天的羽绒服发霉、柜子门窗发霉。
厨房发霉洗手间发霉窗帘也在发霉。

一切在发霉唯有我的心还不肯发霉。

早晨看见雨像珠帘，经过这个世界来到我的窗前。
深知道，一定会想念这扇窗户和这座城。

我的确爱南方，但不喜欢你说北方的坏话。

午后诗人普珉写了短句，他说随时清空自己，没有后顾之忧。
我说是，哪来的忧？

木心说：那个才气超过你十倍的人，你要知道，他的功力超过你一百倍。
文学鼓励我，我高兴了。

走进院子，树叶被风吹落一地，不枯。地是潮湿的，已经很久了。就要离开，莫名的伤感从心头涌上来，但一想到即将要见的，又一下子快乐得想跳起来。

埃托尔·斯科拉在《叫费德里科多么奇怪》里说：艺术

家都是孩子气的反叛者。可不，从小就有艺术家气质，从小就喜欢反叛一切不正义，这不是自夸是事实。临睡最后一篇。

是喝牛奶喝出来的倔强吗？十头牛拉不回来，妈妈常说。

有了你骄傲，没有你焦虑。
等一个足够爱的人到来，晚一点没关系。

我说读完《圣经》觉得亏欠很多人，总想去道歉，
读完《心经》得大自在，觉悟后，坦然了。
恩君说：Which one do you prefer？
好问题，神爱世人，所以我爱神。

将心头一切愿望交给他，无论何地，无论何时，由他来带领。
闭上眼是你，睁开眼是你，我的主宰，我的牧人，愿你认得我。

卷　五

北　京

眼泪像微笑一样甜

流放数月，终于在夏天之前回到日夜思念的土地上。北方，一个宽阔清澈的怀抱。

只因太久不见，米拉在机场与我擦肩而过，再返回来热泪相拥。她善良，不愿我独自住外面，于是与阿媛姐告别。自通州到北五环的路上，树叶在阳光下闪闪发亮，阳光穿透树叶照在我们的脸上，暖烘烘，那种恳切的感怀之心和甜美的镜头，永远存在记忆里。

早晨五点，天已大亮，北京显现在眼前。通过时光轨道穿越这座城，满足踏实，一如诗篇二十三，大卫的福杯满溢。

终于，从长途跋涉的旅途中归来，带着一身疲惫，低头感恩每一个微小的粒子，然后直起身毫无拘束地卸下所有负担，投进北京的怀里，一切委屈，烟消云散。

与人恋爱不如意，与音乐与文学与艺术恋爱稳妥。归根结底，这是一个人与宇宙的恋爱史，是无对象的慈悲。

基耶斯洛夫斯基说：“我喜欢研究别人的生活，他们的无穷变化比我所编造的故事要有趣得多。”我回答：我喜欢观察别人的生活，他们的无穷变化是我创作的源泉。

两年前，你说自古以来作家是没饭吃的，我毅然出走，流放上海九月、广西又九月，九九八十一难，终于回到日夜思念的北京。

傍晚和赵照的经纪人老蒋自工作室分别后走进胡同，感受脊瓦旧屋，感受老北京人饭后闲散的黄昏，一如上海的弄堂来往着英格兰小伙，各种精致的店面闲散置摆着艺术品与咖啡。

站在雍和宫墙外的路牙子边上告诉你我回来了，你说北京欢迎我，亦如当年。

总想在这个世界上试试看，明知是徒劳。

本该心如明镜，却固执地往返于世间，原谅我的倔强。

老莫说这样恐怕对你不公平，我说一路走来就是为了利益众生，有吃有喝便足矣，心中所愿是你们作品得到更多人的欣赏，生活得轻松。
游走一圈回来，看到世间有那么多人活在贪嗔痴慢疑里撕扯与煎熬，真是同情，竭尽全力地为众人祈祷，愿世界安详。

洗衣打扫屋子，快乐地生活。这是米拉的小屋，有落地玻璃、看得见风景的房间。

多了十一个独立音乐人，在风华秋实名下。

扮演角色无数，为了体验我所不知道的生活。

想把心里的教堂给你，愿你圣洁美好！

把你装进心里，因为这里有一座庞大的教堂。

心是开满鲜花的早晨，你亦是我的教堂。

你是教堂的一束光，照耀着我心内的一朵花。

回到北五环，伴着电闪雷鸣与微妙的疲倦进入梦乡。梦里四面溢水，奔跑着找到的路快被淹没，孩子们和老人从不慌张，我担心他们。梦醒了，五点半在雷雨声中。北方下起雨的样子，可爱至极。温润的早晨，躺在房间楼梯的阁楼上，有音乐与灯光的温暖。

五点半，耳机里刘堃唱着说：下起了雨我是多么的想你。

赵照说：一棵树从不依靠。

蒋勋说：阳光下的面包和美好的一切。

周公说：梦见水上行者主大吉。

昨天爸爸生日，去看望艺术馆，忘记打电话回去，期待往后的日子能烧菜给他吃，又快一年没见面了。想念老爸！

听福音书，说星期二出生的孩子充满恩典。

导演赵某某自贾樟柯群里来，建议我和央视旅游合作，拍成四集。他说你这个音乐、文学、电影、旅游集于一身的题材是盘大菜，一个盘子恐怕装不下。

遇见小钟，在五月十四号早晨。
夜里下过雨，北京有雾。
此时趴在沙发上捧着手机写，开心得不知所以然，情绪不被控制地语无伦次，既欣喜又失落，所谓各种悲喜交集。想见到他。他像我的爱人、像我的朋友、像我的老师，更像我自己。我对他从来不客气，只是他一点儿都不知道，他不知道我喜欢在雪地里撒野，喜欢看他拿起伞跳舞，他也不知道我喜欢躺在旷野里晒太阳，喜欢《一个人去千叶》，喜欢《麦田的乌鸦》，喜欢《一个沉默的南方姑娘》。为了他，去南方，去《澜沧江》，去《上海》，去看《牛奶树》吃《野草莓》，去一切他经过的地方，听他和老板娘讲故事，有可爱的孩子、爱人为他织的毛衣，然后一个人忧伤地旅行，他是我的旧识亦是心爱，将秘密藏在枕头底下，做一个可爱的梦，《像艳遇一样忧伤》。

隐藏在谦卑之下的桀骜不驯，艺术家。
一路追随却不曾拥有，凛冽，姹然。

出门喜欢乘坐地铁，这样可以看见人们粗糙的手臂黝黑的脸和慌张的神情，然后在心里为他们送上祝福。

敬畏人的人是敬畏天地的，不敬人的人是不在乎天地万物的。

一些人一直谈恋爱从不结婚，一些人一谈恋爱就想结婚，单纯的单纯，善意的善意。

选择的路不能凑合，如同一个对的人，非等到不可。

老莫说真理是无路的天国。的确，天国是不需要路的，他就在你心里。

肖瀛的另外一首音乐来自布月的灰与干净的白。

梦见爸爸憔悴，早晨起来道歉。

五月的早晨，天气阴，微凉。

听巴赫 G 大调，大提琴让忧伤发挥到极致。

请你原谅这来自夏天的耽延，我将一一告诉你。

我来自母亲的怀里，来自父亲的肩膀。

我是一个孩子，一个喜欢艺术的坏孩子，因为任性，因为一次次的离家出走，一个不听话的坏孩子。请你们都原谅我吧!

从前的、以后的，大抵都是善意的。

然而我担心你们的一生，胜过担心自己。

二十三号，下午有雨。如果一个人因你而感到难过，那我也为此要感到愉快。

与战强走出箭厂胡同经过国子监去鼓楼剧场遛弯，有雨，然后是一条大的彩虹，火烧云，再然后，千里迢迢去看你。

艺术家，听 C-Block 听左小诅咒，艺术家满屋子作品没人记住他，生活欺负他，所谓的艺术家，一路快乐一路痛苦。即便如此，艺术表达是应该存在的。

一路寻找，一路失望，一路跌跌撞撞，一路平安喜乐。

他唱着愿所有人都变得坚强。从上海来的小海，在我离开北京的那年他也到了上海，五月又相逢在北京，在蜗牛的家。

达达主义反对一切，当然也包括他们自己。
经过各种主义，然后，无主义。

两天没写字，夜里坐在孔庙和国子监博物馆门口的石墩上自我检讨、酝酿。风来了忧伤来，文字也来了。忧伤是什么，忧伤就是情怀，如头顶这棵蜿蜒的古树，即将蔓延至红色的大门口。

起初，你就要不抱名利地只管做好事；末了，你的成就显出来，不要名利也难了。

为了喜欢的事，总得付出点什么吧！作家不是坐在家里瞎编就可以的，是要长途跋涉的。
为了《玖陆拾零》的专辑，拍宣传照后，摄影师黎明说了很多，创世纪、约翰福音，喝下一杯茶水。

如米勒一样，始终抱有一个信念，那就是不愿被约束，也愿意帮助别人远离被压迫的生活，尤其是思想与身体的自由。

月亮很圆住在树的旁边

保持天性。天性不就是单纯吗？

爱，让我们看见自己。

拖着疲惫的身子在夜里十二点循环着宋冬野的《莉莉安》。向自己道晚安，可爱又孤独。

艺术和文学都是微弱的力量。六月三号下午 点，《来自静默时刻的讯息》克鲁格与里希特的展，艺术总会给人带来喜悦。

大哥说：丫头怎么晒成这样了？瘪着嘴，委屈得差一点哭出来。

途中我说竭尽全力去做一些伟大的事，他说这不都是日常应该做的吗？
抬起头看他，果然是高人。
我说：正义路的人们，最正义。

去三联书店，路上偶遇在人大习画的生晶如老师，于是一同去中国美术馆。江苏历来有名望的作品都在这里了，一楼大师书画作品，三楼青年画家，五楼连环画，《西厢记》《阿 Q 正传》，鲁迅等，精神上得饱足，往后得动笔好好画画了。

如此，我也能自如地穿着布鞋睡衣晃荡在胡同的菜店煎饼屋，游客看我，胡同里的另类。

夜里凉风习习，我们一路逆风归来。王梓的父亲写得一手好字，哥哥买来鱼缸绿萝放在吉他学校增添活力，晚饭后背着吉他下楼，弹吉他实在好，扫弦一下就有人凑过来。于是他们在楼上弹奏，我捧着一沓纸页走向人群。助人为乐是一件多么愉快的事。

在国子监的教室
屋顶养着猫和鸽子
尤克里里和西瓜
金字塔上空
盘旋着燕子
大树在我的左侧
风吹不动
告诉妈妈
我在屋顶接天地之气
这阵风离我很近，树离我很远
我看他离我很远，他离我很近

刘哥说写得好
在屋顶吃完瓜
觉得不写点啥
总是要枉费的
直到夜幕来临
想买一个帐篷
就这样住在屋顶
看着月牙弯弯

看着呀我的你

这阵风离我很近，树离我很远
我看你离我很远
你离我很近
傍晚说她要穿过教室
爬上屋顶

在屋顶写的词，当时就被音乐人侍立冬谱上曲，唱出来，真的蛮好听。

路过北京的村庄，我说：朴树的《白桦林》《旅途》《我去 2000》那张专辑印象中几乎听过上千遍，在十七岁那年。再听亲切得很。他说他和我一样和朴树是多年好友。

自车公庄到安定门，夜里下大雨。北方的雨水难得，布鞋袜子湿透。胡同里停着百度外卖的车子。想起在南宁周末的早晨，大雨如注，送外卖的小伙子从雨中来，拿下雨衣在门外等候，为了一盒米粉或者其他，湿个全透。

我坐在窗户前看着，为他祈祷。

小时候跟着弟弟们撒野爬山去河里捞鱼，因为家里只一枚丫头，没有女孩跟我玩。如今亦是跟着一帮弟弟，弹吉他拍电影做文字遛胡同唱歌，跟在他们屁股后面收拾烟灰缸啤酒罐，当姐姐真幸运。

早晨
打开房门
屋檐滴水
水花
溅在玻璃上
泛起涟漪
阳光下
她跳着
彩色的舞蹈
在远处
吹着我的口哨
拨动你的琴弦
为心爱的人们

写一首
六月的歌

下午在和两枚上海来的姊妹喝果汁，目睹北京豆大的冰雹然后是大晴天。她们说北京真神奇。此时空气好得了得。在窗口坐着看着变化着的一切，天空湛蓝，云朵像画上去的。雨后走在国子监的树荫下，她们说你住的地儿好浪漫，光一闪一闪地洒在孩子们的脸上，望着远处。

每个人的世界各种姿态，很多人的生活那么简单，让我感动，天地有大美而不言。

音乐总让我想起你
每当两人相遇时
实际上有六个人存在
各自眼中的自己
各自在对方眼中的自己
和各自真实的自我

爱是不自私不占有不做害羞的事。

走出自己，天宽地阔。

五号线转六号去宋庄，约见荣姐，为了七月的电影。
两年后再去，已迷了路，围着电影基金会转圈圈。
荣姐说第一次见你阳春白雪有点距离，如今除了脸上被晒得有点伤，比以前洒脱自如很多。
碰到导演王宏伟，我问艺术家怎样才能活得更好。他说：作品。还说：女孩子最好生活安逸一点，电影太辛苦，画画就很好。

要出彩哪能轻而易举？回到工作里，为着《玖陆拾零》的发布在乐童开会，从日出到夜落。

离开父母后的成长，一部分靠自己的认知与觉悟，剩余的要靠遇见的人和环境来造就。

月亮像明镜一样的夜里，一个人沿着国子监散步，听小钟、谦木、亚伟、任东和张艺德，走累了想买一罐进口罐头，遇见火红的西瓜改变了主意。屋里闷热，拎着一袋垃圾出门，十一点半坐在胡同口跷着腿写书，过往的人们说着英语德语或法语，想起苏南达寿天，蚊子咬我的脚踝，黑布鞋被穿成拖鞋的样子。

你说把自己照顾好。
学着像善待对方一样善待自己，早餐全麦面包与牛奶水果。善待彼此就像端起半碗剩余的苹果糖水毫不犹豫地喝下去，或许这样，父亲安心你也安心。

他唱着：我的爱人啊我想你骑在我的背上，不必说一句话。莫染的歌，有嚼劲。

大仙组织的诗家歌活动，为留守儿童公益朗诵会。遇见苏阳、程璧、诗人蓝蓝、许知远、那日松，与静怡拥抱相逢。心樵朗诵，费解一身红裙伴舞。莫西唱完歌我得回去了，临走时张楚从外地匆匆赶了回来，瘦得厉害。

独自走在鼓楼的路上，走到那天接到你来信的拐角处，拿起电话又收了回来。
把思念藏在豌豆黄里，然后一口一口吃进肚子，慢慢融化待到身体开出花来。

与其在心里绝望地歌唱，不如将一切吃进肚子，在夜里沉睡。

走一条很长的胡同，经过净土胡同，车辇店胡同，回到国子监。
孔夫子绝望地看着我，说我不听话，于是他老人家把绝望也一并吃进肚子。
我站在门外弯腰道歉，他不理我，嫌我不读书，贪吃贪玩。

加菲猫戴着头盔插着管子身上缠着绷带从医院回来，好可怜的样子。于是原谅了半夜吵闹的它。

临睡最后一篇：
凡事都有定期，万物都有定时。
寻找有时，失落有时，保守有时，舍弃也有时。

迷恋杜嘉班纳犹如迷恋我的右心房。
不知道的是，蜕变的过程如此艰难又轻而易举。
二十四号，再回中央音乐学院听民谣音乐会，味多美已打烊，捧着干脆面回家去。

傍晚，带着心事散步，走一条悠长的路。
叶子波光粼粼，闪烁着神性的微笑。
遇见三生石，此三生石非彼三生石，尤其稳重与坦白。
久不打开《素履之往》，对先生愧疚有余。
树叶随一阵风落在石头上，自然成书签。
狗的一见钟情与人大体相仿，先是欣赏彼此，然后开始暧昧。

一颗《红楼梦》的心被扯进《水浒》的世界里。
风停了，人散了。
终于，夜幕恢复了原有的样子。

城市的炎热让人绝望，我要回乡下了，我的乡下和你的乡下是一样的。那里有花草树木大山和理想国。

我将把所有的爱嫁接在音乐与文字里。

回到上苑艺术馆

大雨过后，回到怀柔艺术馆的村子里。

走一座大山去看你，久违的泥土，花草树木与安静的村庄。

四季乔装你的脸庞
白发苍苍小心翼翼
捧起泉水给你
捧起双手给你
捧起自己给你
如果来生可以
定要祈求上帝
将我与你放在一起
将你的暮年与我的童年

再次放在一起
——致父亲与大山

一只鸟莽撞地飞过来一头撞在玻璃上，安静地躺在地上。为你祷告，为你活着的时候，为你死去，为你在窗户上，留下的一片羽毛。

带着忧伤的脚步走路，走在没有你的路上，地面冰冷。

走很远的路，去看北方的庄稼，表达我对你的诚恳，即便他有五公里。

在艺术公社门口的柿子树下，一阵特别的香味使我倒退了回来。
在你眼中，看到了泪水。那些久不见的。

七月，去央美买颜料看毕业展，丢了一朵橘色大花，草绿色提包不再鲜艳，展览很鲜艳。

去看心樵的《安静》展，在 798 太和艺术馆，从开幕到傍晚。

一种颜色一个世界，我想表达的画面。

一种颜色，由浅到深的音符，传递给你。

背景由浅至深，音符由深至浅传递给我。

体验别人的辛苦，学会赞美，想起凡·高和他的生活。

1

昨天

被老板娘欺骗了

原来良善与信任

不完全是智慧的

2

口述

美术史

与蒋勋

比较浪漫

比较单纯

比较傻乎乎

比较感伤的

七月

再读荷尔德林，今夜晚安。

早晨，雾还未散。鸡在远处叫，老狗憨厚地呼唤着，这唤声即便深夜里也能让人踏实，而猫却是阴险的，所以始终不能像爱狗一样地去爱猫，不是不想爱，实在爱不来，隔着一些天然的恐慌。

今天画形状，懿老师的图案被我全部涂鸦，一不小心又将童年画了出来。

一个早晨一碗粥两个鸡蛋一幅画，是上好的。
丰雷说我画的是梦幻，白日梦。
其实这就是我的童年呀！山下一座房子，前院种满瓜果蔬菜，后院大片土地，小麦土豆玉米白桦林，左边偌大的鱼塘各种鱼虾，右边集市，似乎家里丰足得常常将吃不完的食物分给邻居，油、米、面、肉和各种蔬菜。
我说这幅画叫《渴望生活》，重回无忧的童年，这是过了时的现实，不是梦。

是的，我想将童年重拾，将童年的饭菜重拾，将我爱的人重拾。抛弃长大后的烦恼。

去上苑村买了颜料画布，大王开心得一路歌唱，夕阳与树影在河水中游戏。

夜里，拿起忧伤的笔，写一首爱恋的歌。

凌晨两点，第三次失眠。

村里人朴实，喜欢在桥头安静地坐着，彼此相望。

他们用小草与鲜花祭奠小鸟，灵魂就住在一棵树上，于是活过来，风一吹，满院子蝴蝶飞。

傍晚坐天台看日落，大山一层层显现，山里各种绿，各种鸟，各种蚊子和各种狗叫。有灵性的村庄，　个人，怀念《一个人的村庄》。

城里热，村里也热，痱子都爬上了脖子。

该去一个凉快的地方，比如紫色的云彩里。

去田里看庄稼，今晚的月牙是金色，倚在一颗星星旁。

早晨六点，你从山间走过，有时朝东，有时朝西；有时一辆，有时两辆；有时货车，有时客车；有时天晴，有时大雾；在天台看你，或在卧房听你；有时忧伤，有时平静；有时你在画里，有时你在梦里。此时，天地间，除了你我，没有别人——那经过大山的火车。

走中国二十五个城市，重复二十五个言语，记录二十五个号码，发送二十五个邮箱，倾听二十五个声音，接受二十五个态度，走出二十五个自己。经过午后，黎明再现，二十五个头颅低垂，二十五个谢谢再见，二十五个您好，远远胜过三年里的所有问候。七月屋顶的瓦片，灵魂出窍。三个小时电话打完，巡演的前奏在我的脑袋里紧张起来。

回到胡同的工作室，躺在各种猫咪的房间，想起耶稣降卑为人生在马棚。闭上眼，深呼吸。

半夜被猫吵醒，早晨被猫吵醒，白天被猫吵醒，黑夜被猫吵醒，心脏被猫吵醒，皮肤被猫吵醒。为了可爱的四只小猫咪，我宁愿出走。

从时间上来讲，出城和进城一样重要。

回乡下的路，多么美妙。
殊不知，回到乡下就是胜利啊！

雨后，阳光洒在大地上，闪耀着不同颜色的光辉。火车穿过田间，云变化着自己，微风，鸟鸣。寿天和苏南达将要从新德里回来。裙摆散步，小红帽飞舞，鸡在叫，一个人的村庄，甜美极了。

院子里，小刺猬独自走路。下雨了，它有点忧伤。

你看它背着硬硬的刺壳，可它内心多么柔软。

亲爱的不要互相伤害，因为时间一下子会老。

木心说：知识学问可以是伪装的，品性伪装不了的。三年讲下来，不是解决知识的贫困，而是品性的贫困。没有品性上的丰满，知识就是伪装。

说出来，希望我们都好。

一个人与七块石头

早晨六点，后园子里一只松鼠在树枝上，蹦蹦跳跳，一会儿它飞走了。

早晨七点，一个人走路，一个人买柿子，一个人的一首歌，一个人遇见一只狗守在艺术公社门口，一个人看见一只蜗牛缓慢地行走，一个人遇见另外一个人，一个人回来，一个人和一个人吃粥，一个人给一个人送去一个鸡蛋和另外一个鸡蛋，一个人的图书馆，一本书与一个新的早晨。

一只羊，一个放牧人的一只羊。一个人在等一个人与另外一个人。

早晨九点读第一本书：

《传道书》智愚之别：

“听智慧人的责备，强如听愚昧人的歌唱。

存心忍耐的，胜过居心骄傲的。

不要行义过分，也不要过于自逞智慧。

传道者说：看哪，一千男子中，我找到一个正直人，但众女子中，没有找到一个。”

我将这事一一比较，要寻求其理。

人的智慧使他的脸发光，并使他脸上的暴气改变。

第二本书：

比人先知道了恋爱的甜味，知道了悲哀的我，也比人先老了。

——读《如梦记》

第三本书：

艺术家的素质，真性情与人格境界。

所谓真性情，是指人们对待世界的一种态度，它率性而发，因其自然，真挚诚恳，不假矫饰，常常表现为儿童般的赤子之心。

人格境界是指建立在真性情之上的自我道德完善高度，形成一种境界超拔的精神实体。

没有真性情，人格境界无从立足；人格境界低俗，自然是真性情缺席。

性情真挚、不虚伪的人称作性情中人，因为他们有真性情。

宗白华说一往情深：深于情者，不仅对宇宙人生体会到至深的无名的哀感，扩而充之，可以成为耶稣、释迦的悲天悯人；就是快乐的体验也是深入肺腑，惊心动魄；浅俗薄情的人，不仅不能深哀，且不知所谓真乐。

至于归隐：是完成气节的一种方式，即使不能与蝇营狗苟的世俗暗流争斗，至少可以不去同流合污。

虽然不能简单地把人品等同于艺品，但是，一个卑俗浅陋的人不可能创作出境界高旷的作品，热中心肠道不出冰雪人语。

罗丹说：钩心斗角，谋求富贵——这不是真正的艺术家。

总之，真性情与人格境界是艺术家不可缺少的一种品质。

保持天真，成其自然，自我教育。

——读《艺术理论教程》

一个人去一座大山，捡回七个石头，染成一个颜色画七个音符。

一个人去一座大山，捡回七个石头，染成七个颜色画一个音符。

一个人去一座大山，捡回七个石头，染成七个颜色画七个音符。

一个人与一个人的午餐，邀请一个人，遇见一个人与另外一个人。

一个人在山里遇见一个种地的人，她说你若喜欢，给你一块地，随意你种什么。一个人愉快地弯腰鞠躬，感谢一个人。

一个人捡起一块石头，一个人捡起另外一块石头，一个人捡石头，一个人捡起最后一块石头对一个人说："生而为人，我很抱歉！"

一个人与一个村庄，一个人走出一个村庄，一个人与她自己的村庄。

小钟叫我小达达

夜幕来临，耳朵开始上课。猫叫，鸟叫，风声，树声。一切美好的，在黑夜里，变成耳朵的灾难，邪恶的音符，不怀好意地砸在心头，一宿又一宿，连辗转反侧，都变得小心翼翼。

小钟打来电话，喊我小达达。喜悦、开怀地笑，笑中有泪，祝福他即将问世的新书。

我说：要把诗写在心里，写在雨中，写在树上、石头上、薄雾中和流着泪的玻璃上。
你说：要写在画布上，写在油彩里，写在天空中，写在翻滚的粥里和出汗的锅上。

有些事物过于美好，不穿，是怕弄脏它。
挂在铁丝上透过昏黄的台灯，好意境，于是拍成照片，画出来，画家们说棒极了。

推开门，便是惊喜。
我爱的早晨爱我如己。

闭关画画，雅慧送来一碗粥，在艺术馆里，我们彼此供养。

大雾散去，路过高山，火车围着村庄缓慢行驶，太阳出来方才看清，一辆从桥下驶过，一辆在桥上。蛙声一片，是这场大雨带来的。老天如此恩待于我，我无以回报。

至于爱，有些人巧妙地爱，有些人笨拙地爱，有些人爱得诚恳，有些人爱得幼稚，有些人爱得细腻，有些人爱得不着边际，有些人变来变去地爱，有些人痛下决心地爱，有些人偷偷摸摸地爱，有些人光明正大地爱，有些人爱得喜悦，有些人爱得痛苦，有些人爱到天堂，有些人爱到地狱，有些爱折磨人，有些爱滋养人。人们变来变去地相爱，又要爱来爱去地变化。

神爱世人，毫无例外。

在过去的时间里，看见现在的自己。
在过去的时间里，遇见现在的自己。
看见的看不见的，遇见的遇不见的。

心樵说：最大的变是不变，不变应万变。

世界上最美的样子，就是这个样子。
傍晚，图书馆的书架散架，之后被我们在圆桌上摆放得整整齐齐。

一场风波过后，黑夜恢复从前，与大山对话，与我的画对话。你说要克服一些用色与笔触的幼稚，还有构思问题。是的，这的确对我有用。在心里，深谢人们对我的厚爱。雨停了，静坐天台，与旷野对话，与星星对话，与薇依对话。

回到胡同里如同回到小时候一毛钱冰棍儿的味道里。
是的，在这个夏天，我常常往返于国子监与桥梓镇。

自己追求完美，不小心会将别人纳入其中。

别人是什么？是他自己的套路。

戴德生说："同心的同工，使工作发展；不同心的同工，使灵性成长。"

我爱尼采，爱木心，爱柏拉图，爱苏格拉底，爱博尔赫斯，爱纪伯伦，爱卢梭，爱泰戈尔，爱兰波、拜伦、雪莱、惠特曼、聂鲁达，爱林徽因、梁思成，爱巴赫、贝多芬、德彪西、肖邦，爱凡·高、米勒、耶稣、释迦，爱西贝柳斯，爱《瓦尔登湖》，爱《琼美卡随想录》，爱孔孟老庄，爱心樵的诗，爱小钟的歌，爱低苦艾、车撵坡、余光中，爱北岛、海桑、顾城、海子、周梦蝶、伍尔夫、毕淑敏、张晓风……我爱的人太多，你管得过来吗？

昨天梦里为一份菜的分量与父亲生气，气得不得了，醒来与张懿生气，气得不得了。

曲子结束，雾，停在山头不动，山扭着腰旋转。

昨晚临睡，上色在画布，提起刷子，任性也被提起。
不写则来，不画则去，则则收不住。
逃出大雾，把发凉的身子躲进棉花里。
左侧打开的《马太福音》，论洁净。

恐怕是奶奶想我了，梦里说：她给我一节课二百，让我在家陪着她，哪里都不要去。
出走时还是个白雪公主的样子，回来就成了包大人，除了黑还会断案，这个是遗传。

北石槽
生姜一堆五块，带给肖老。
包菜一堆五块，青椒亦是。
烧饼五块五个，西瓜六毛。
韭菜穿心莲桃木木雕葡萄。
你们我们他们我们的他们。
芹菜茄子辣椒，都是爱情。

我和秋天都在

哪有你这样好

你这样好

带领我走进你五月鲜花的胡同

你这样好

六月也过去了，即便辛劳两地

你这样好

七月历经酷暑，你却从不离弃

你这样好

给我崭新的八月，怜悯鼓励我

你这样好

九月十月已交在你大能的手中

你这样好

四季在庇护中醒来
从此不再感到慌张
你呀你，咋就这么好
你是我的盘石我的产业
你是我生命的四分之三
是我杯中永远的份
是我竭力追求的榜样

八月胖得像桃子
八月像个胖桃子
桃子是个胖八月

奔走一天，已疲累到了极点。终于可以平静地躺在床上，因他的慈爱永远长存。

游吟诗人，流浪艺术家，什么都是，什么都不是，只能说：生而为人，我很抱歉。

除了艺术，一无所盼。

为巡演做准备，脑袋的弦紧绷紧绷然后再紧绷，一整天，终于搞定。第二十五场重庆见，谢谢各地朋友的支持与合作。现在是傍晚，该出去走一走，去看看玉米，让散步解散北京的酷热与紧绷的脑袋，但有可能会碰见蚊子。

蚊子是吸血鬼也是贼，总是偷偷摸摸，令人厌烦。

去二十五个城市，见二十五个人，住二十五个酒店，吃二十五个菜，说二十五种方言，构思二十五个画面，原来是一天里发生的事，哦！宇宙快被我们包围了。一睁眼，天亮了，一眨眼，天黑了。

一立秋，我就该出生了。

秋天是我的眼睛，是臂膀，是跨过河流的彼岸，是阅览过的图书馆，是打开窗户有风的味道，是刚刚煮熟新鲜的麦仁。

秋天在大山里生出一个孩子，生出无数个果子。走在秋天的路上，路过自己的影子，一步一叶，与秋天、与自己重逢。

我是秋天的秋天，秋天是秋天的我，我和秋天，是同一个人。

我和秋天都在，却不见你。

九点五十二分立秋。我正在写书，在满屋子画的房间，满屋子颜色的画中，写早晨，写过去和未来，写自己与你。这之前躺着读《文学回忆录》，坐着读玛格丽特·杜拉斯，读萨特，读周作人，读《一间自己的屋子》，听《北方女王》，听知了不停地抖动翅膀。

傍晚三人骑车经过水库去九号院找农家菜，葱花煎蛋是必不可少的。
第几个生日，也过去了。从前宴席满溢，现在平安喜乐。

大雾弥漫，像南方的早晨，山里真好，不用去任何地方。天气自己变化着。

山里果子多得吃不完，据说以前是给皇帝上供的，如今以前的皇帝不在了，就留给现在的老百姓吃。我将做好的李子酱分享朋友圈，阿媛姐说，你现在就是皇上。

有些人一经过时间就散了，浅嘛！有些人经过很多时间，怎么也散不了，感情胖嘛！一真诚感情就胖，一虚伪感情就瘦嘛！

大风起，要下雨了。

要下雨，这三个字要命得很，不确定马上下还是一会儿再下。假如我出了门，或许在门口也或许在途中一定会被大雨淋湿，会被大风卷起，扔在远处，鞋子会湿，裙子也会把握不住自己，连同肩上的布袋都会随风而去。风雨中自己是不属于自己的。看着在雨中乱飞的树叶，我想当我出门后，定会和它一样。

挣扎中，大雨袭来，我已无法出门。

接下来，暴雨倾盆，根本没办法出得了门。

只能请赵照原谅，请久忆、阿见、谦木和《中国摇滚音乐》的录制节目组原谅。

因为十一位音乐人的巡演，牺牲了无数个自己。
累到极致。

傍晚，画画。
将所有的烦恼与疲惫倒空在黄蓝颜料之间。

午休。梦里奶奶鼓励说要坚持，苦一点难一点都没有关系，就像那天从艺术馆走到良善庄的路，苦一点难一点，之后就是胜利。

梦里，奶奶恢复说话的本领了。

人的一生如果都像早晨五点一样干净清新，该有多好。

如果生活中的人不小心辜负了你，你也一定不要像人一样，去辜负生活。

生活的教养就是不为难别人，不说伤害他人的言语。生活的教养与艺术的教养是一样重要的。

早晨五点半，推开门看大山，云雾缭绕，无论如何我仍然爱你。天地之灵气，有山有树有我在。

艺术有什么？有真诚还不够，有创造的能力，纯粹，还要有节制。

果然，我得为了上好的自制果酱去一趟怀柔买全麦面包回来。

一个人真好，一个人享受这阴沉的下午，真的很好。心里藏着一些人，一些人心里，也藏着一些人。

想必好的作品会让人得到鼓励与欢喜。

风轻云淡，起身，走人。

买了月饼，花二十大洋，尝一块，好吃，特意拿给天天天蓝。上次欠她一双袜子六块，故意欠着，留一点牵挂好来看望。

一整天像是一年，像蜗牛一样慢慢慢慢地爬过许多人的皮肤。立秋后，很多事容易了起来。一如农耕的老人，挂着秋收的喜悦。

秋天，他来了。

早就说过，我爱先生是众所周知的事，先生爱不爱我，迟早也会被众所周知的。

一个人与十一个音乐人与二十五座城的巡演与炎热的夏天。

醒来推开门去看大山，踏实如倚着父亲的臂膀。

然后在地上打转，秋风渐凉，不禁发出一阵忧伤，自言自语，夏天就这样过去了。

每天，从一个村庄路过一个村庄，到达另一个村庄。
怀柔与顺义之间，一个叫平义分的早晨。
拐弯处，遇见塞尚、杜尚、达达·尚。

为了不浪费多余的颜料，一锅绿豆粥又牺牲了。

傍晚云朵好看得要命，情不自禁拿起画笔，蹲在地上趴在画布上，这一笔下去，又是三个多小时，三个多小时临摹凡·高的画，丰富而如意。

蹲下来捡头发，发现房间水管旁的桌子腿边上，长出一只蘑菇。这样原始的艺术馆实在可爱。

啃包谷。想起小时候爸爸总会拿一根筷子将半个玉米递给我，我也会将扒好的核桃喂进爸爸嘴里，如今小欣怡代替了我的位置。我在各地寻找自由重拾童年，爸爸也同样在回味着他年轻时候的经历。不忘初心，这样的出走是可以放心的。五年了，为了这本书。

早上在市场见到一位老爷爷，问候他，他竖着大拇指说我一百岁了，我说我家的老爷爷也九十多了，拿给他一个香蕉他笑得像花儿一样，然后一阵撕心裂肺的牵挂。

长途跋涉的返璞归真

他说艺术馆有你真好，我惭愧地低下头说神爱世人毫无例外。

下午送走元元，晚上看着他留下的画布，锅炉子与可爱的苹果，莫名地失落。

虫儿不停地叫，把思念的人全部交给大地。

一场梦过后，花落叶枯。

山坡逐渐变黄，读《文学回忆录》最后一课。先生说：我深受艺术的教养，却无以报答艺术。

我说：我深受父母的疼爱，却无以报答父母。

虎哥昨晚来信说爸爸老了很多，说我固执，九头牛也拉不回来。长叹一口气，看着山，山也在慢慢变老。

一些事不能做，一些事还是做了，我不是雷锋我是董存瑞。

早晨六点，一开门，便要忍不住去看你、去闻你。青草漫过心头，烟雾漫过山头，爱你的庄严，爱你被千变万化缠绕，却始终守身如玉。致燕山。

菜市场，厨房，楼上楼下，锅里锅外，一个个展览，奉献自己是一件多么愉快的事。

上个月出手大方，这个月紧紧巴巴，一不小心本性毕露。

一直渴望的东西渴望得久了，到最后也就不愿再去得到。

以前总看不起小钱，现在知道了钱少得厉害。
夜里打着瞌睡，坐在厅里，紧握画笔，与我的画生活在一起。

为艺术，为爱情，为了长途跋涉的返璞归真。

当年读凡·高的《渴望生活》，在生活里渴望艺术。如今，我像活着的凡 · 高一样，渴望生活。

高鹏兄说：你这么用功画画，让我们感到惭愧。

我说即便怎么努力，都赶不上你们。

他说：艺术学术再好，远不过心术好。这一点我们赶不上你。

感到惊讶，似乎伟大安慰降临。

已有两个雾霾天了，早晨起来看不见山，看不清人的脸，隐约看到山腰处的几个白点。努力去猜测。树梢变成了朦胧派，绿叶渐渐变黄、变红，变成童话的颜色。想必，再几个这样的雾霾后，秋天就要显现自己真正的模样了。哪怕荒山野岭雾霾未散，我仍喜欢北京，他的好、他的坏都将深藏在骨头里，做我半生惊喜。突然哪里都不想去，只等雪花的到来。

上个月工资三千，收藏画预付五百，给心樵买烟六百多，给馆长交房租八百，真是到穷途末路的光景。即便如此，老爸给的卡坚持一分不动，持守原则，操练节制，自给自足。这个月一分钱都不想花。希望在作品上能多一点创新与收获。看着眼前一堆堆的衣物奢侈品，想想以前挥霍过的，愧疚不已。

眼睛之所以快乐，是因为看见了山，看见了水，看见了良善的心。

雨后的早晨，半山腰长出的大雾，树上布谷鸟、麻雀叽叽喳喳地谈论，火车轰隆而过，狗在叫，鸡也在嘀咕着夜里的梦，叶子开始发生变化，像雾一样变化着自己的一生。梦一样的早晨，扎根在人们的心里。

亲爱的秋天来了，她如水、如红叶，如你的眼睛穿过树林穿过小溪，在夕阳下，在散漫的云朵里、飞逝的落叶中，在霭霭的白雾、在一棵树的眉间与我的唇间。每当散步，她就是裙摆上的温暖。

回忆太厚，被风吹醒，下楼去商店买红糖，路过东哥工作室问要不要带蔬菜回来。东哥看我捂着肚子穿着厚重，阻拦我不要动，烧好水骑车买回来红糖红枣，像待自己家闺女一样催促赶紧吃掉，我捧着手机写当下发生的这一幕。电脑里唱着王菲，页面显示着曾梵志的画。一扇窗户，屋顶几片瓦砖，一轮明月，树枝低垂着整个画面，北方的秋天与朦胧派一同诞生了。

早晨六点，大雾厚重得让太阳已经发不起光来，像红彤彤的月亮，没有力量。
我深知你们的快乐，已经胜过我的祝福，但还是献上额外的礼物，那地上的花，空中的鸟，树上的知了和画布上云朵。

五年的笔记，像是一封长信。

北方的秋天夜里极冷，肖老爹的大卫衣像老爸的公服一样大　样暖和。
从来，我都是爸爸的小棉袄，爸爸也从来都是我的大怀抱。

早晨起来空腹吃了香蕉、凉饼，胃难受的时候，真想回家。可是为了艺术这些又算什么呢？

在北方晒太阳是门专业。蹲在一楼的门槛上看着影子里散发出来的热气，将南方吸进的湿气一并晒出来。

上楼看到一群蓝灰色的大鸟，落在我的后园子里。它们起飞时，想起我的梦，漫天的凤凰，真壮观。

将很多人比作你，然而每个人都不能是你。

梦里被吓醒，发信问候家人。想到任性对不起父母，心里难过。

从《麦田的乌鸦》里醒来，光照在墙面，照在大地的身上，新的水龙头的影子英俊潇洒，水声风声火车声，一切美好的早晨都融进阳光的肚子里。

你要知道，乌鸦的前身是凤凰呀！

回到国子监，回到我的城

自我流放三年，影子里瞧见已是长发及腰。长发及腰，字面上看像是要出嫁的感觉。

书写完了，感觉一身大自在，翻出一路经过的照片，白雪公主变包大人的过程，艰辛也风光。
借国庆的光，精神上彻底放松了一把。所谓放松，就是在朋友圈公开这些年各种姿态的照片：在大漠之夜骑哈雷，在上海草莓音乐节扮演异域女子，在橘子园丰收后的喜悦，在孤儿院没有间隔惧怕的孩子们，在艺术馆后山的枣子与去往北石槽的路和一个个不同肤色艺术家之间的互相扶持，然后胸有成竹地告诉大家，书写完了，我回来了。
像前往一线战场拼搏的英雄。

修改书稿又过去了好几个钟头，不吃不喝也不动。难怪上天赐狗来陪我，可以出门缓解疲惫的身子也让眼睛散散步。这过程中，理解了很多人。为书而写，为写而出走。

二十万到十九万八再到十九万七，两百页过去，又困又累，深患精神洁癖的处女座，“雨打芭蕉，芭蕉很烦躁”。

想偷懒，孔夫子严厉，住在他老人家的屋檐下，得乖。不然就一并纳入国子监博物馆，做活雕塑展览，供游人赏。

眼已低垂，躺在祖国的怀里，做个好子民。

出走前略读四书五经，读先秦《孟子 · 告天下》：
“天将降大任于斯人也，必先苦其心志，劳其筋骨，饿其体肤，空乏其身，行拂乱其所为。”
回想起来，酸啊、甜啊、苦啊、辣的，此一阶段，算是圆满了吧！

天终于放晴了，秋高气爽的大北京，我是这样爱你。

据说音乐工作室月底要搬到鼓楼，不舍得离开。
从胡同里的公厕出来，长发被风吹在脸上。
穿过楼梯爬上屋顶，看着国子监的宝塔，经书，阳光，在风中晃来晃去，和我的心一起摇摆。

十月下旬的北京，一片金黄，站在大屯路慧忠里社区的梧桐树下等待合唱团排练的时间。

叶子一片片落下，像歌曲的前奏。轻轻唱着“我童年的梧桐树，我心中的梧桐树……遍地是生命的回忆”。

再一阵风，树枝上叽叽喳喳的小鸟起身飞走了。
望着天空，“假如我是一只鸟，我也应该用嘶哑的喉咙歌唱……我对这土地爱得深沉”。

排练结束，一个人走在路上，大风起。

尘土飞扬的北方，一到秋后就会显得破败不堪，但这并不妨碍我爱你。

十月十号，与先生会面。

他说：宁可舍弃那九十九只，也要将这只迷失的羊寻回来。

是的，洁净圣殿，我未曾怠慢过自己的使命。

书写到末了，想必我该亲自去看看琼美卡，看看哥伦比亚和他的倒影，那里有杰克逊高地、中央公园的长椅、皇后区那间小屋和连根被拔起的爬山虎，伊利湖畔，先生的书房，他那可爱、犀利、柔情的眼睛。

他给我们祝福，是因为他鉴察我们为他所做的一切。

所以，你的心如何，你的生活就如何。

长途跋涉地返璞归真，这美好而疲倦的旅程。

二〇一六年十月搁笔于北京

后记

搁笔之后，已是二〇一八年异国的秋。

从最初的二十万字，删减无数，为了精炼，请冯平帮我割爱，直到所剩的六万字，来来回回又修改无数次，终于完成这最终的书稿。

从南到北，从东到西，过程漫长，终是享受。

始终觉得，热闹的口了是清浅的。
犹如渴望村庄的宁静。

出走后的一切，都是未知，未知的早晨，未知的夜晚和未知的将来。即便如此，心里始终有一个信念，就是坚持走下去，走出一条理想中的路。

一个人出走，一个人体验在路上的孤独，将所发生的一切，吃进去，咀嚼，消化，酝酿，像吐丝一样，一字一句，编织出来。

一路舍弃，一路追寻，一路冒险，一路思索。

累积人生，积累文字。

到最后，无论写作与出走，都像是一件很自然的事儿了。

过程中，背着双肩包穿着平底儿鞋，经过图书馆藏书里的各种人。

经过警察局大夜班的六把椅子，像卧底如侦探。

经过剧组的无数场地无数演员和制片导演。

经过艺术馆的诗人画家摄影家等众多理想主义者。

经过孤儿院的寒冬，一个个可爱的孩子，做使者做合唱老师。

经过教堂的唱诗班，经过《旧约》与《新约》。

经过电影厂的编剧监制，经过音乐，回到我日夜思念的北京。

回到胡同里，回到怀柔，回到燕山脚下的艺术馆，与画布颜料对话，与大山白云对话，与自己的书稿，重复对话。

读万卷书，就该行万里路，阅人无数，像海绵一样吸收对方的优点和长处，谦逊而不卑微。

看尽人间百态，在冷暖自知的寂静中，书写所发生的过去现在与未来。一个人写诗，一个人散步，一个人在心里悄无声息地歌唱。

舞蹈、音乐、文学、绘画，对艺术的忠爱，除去父母的遗传与培养，要感谢启蒙老师的丰富与洒脱。然而最终鼓励我放下声乐的，是二〇一三年冬在中央音乐学院遇见的

黎信昌教授。有一天课毕，谈论中先生说着有关音乐的话题，而我一直游离在文学中出不来。临分别时，先生说："如果实在喜欢文学，就去追求吧！"他成全了我的渴望，从此被钢琴和歌剧释放。

回顾来时的路，自兰州出发，北京九月，上海九月，广西又九月，为着正义，为着良善，为着理想中的自己，一段神奇而充满恩典的路。再回北京，已是书稿末了。脚走累了，眼睛，也疲惫极了。

是民谣一路陪着我，而我的心，是被音乐滋润着的，独立、自由，不求雍容华贵，一把吉他可走天下。

文学，绘画，是最亲近的密友，终不可离也不可弃。

拜访先生，拜访琼美卡，拜访杰克逊高地，与大都会艺术博物馆的凡·高会面，和先生常坐的公园长椅对话，长途跋涉地去耶鲁校园，看先生的画，见到八十二街那间破旧的小屋时，再也忍不住泪流满面。

人活一世，好不容易，像一阵风，洒满世界。

感谢先生，感谢途中遇见的善人、恶事。

我深知道，好事做多了他会报答你，坏事做多了他也会报答你。

无论如何，秉持正义的人，是永远可以昂首阔步的。

光明磊落的堂堂正正，愿你和这个世界都好。

路还很长，我们应该去追求理想中的自己，为彰显生命的荣光。

继续读书，继续散步，继续用生命书写，书写路上遇见的一切光景。

愿我的行程，是你路上的良药与陪伴。

Lily

二〇一八年八月搁笔伊利湖